西・英・中 三語版

開始遊西班牙說西語

一句一句的西語會話練習
密切貼近當地生活

陳南妤◎著

晨星出版

本書特色

這本西班牙旅遊語言學習書有5大特點：

(1) **好用真實**：內容完全根據筆者在西班牙求學、居住及旅遊期間的了解和親身經驗撰寫，好用而真實。所有照片，除了地圖之外，全部為筆者及筆者的老師、學生、朋友們在西班牙所拍攝。所有字句由西班牙學者Marina Torres Trimallez錄音，讓讀者學到最道地的西語發音。

(2) **無須基礎**：本書適合沒有西班牙文基礎的讀者閱讀及學習，也適合擁有西班牙文初中級程度的讀者參考及複習、整合用。

(3) **語言文化**：本書為語言學習書，同時也是旅遊的工具書，但非旅遊書。旨在介紹在西班牙旅遊時所可能用到的字彙及對話，同時提供部份的文化背景介紹。

(4) **便利閱讀**：內容以便利閱讀為最重要目的之一，因此以主題分篇章，在每一篇章裡再分小節，必要時以表格呈現內容。讀者可以根據個人的需要及興趣，選擇只閱讀字彙介紹、例句對話、文化介紹，或是同時參考例句旁的字彙分析。文化介紹部份也以淺白精簡為原則。

(5) **英文參考**：書中的字彙及例句，除了以中文及西班牙文標示之外，並同時列出英文翻譯供讀者參考用。

ex.
有番紅花嗎？
¿Tiene azafrán?
Do you have saffron?
西班牙大都市有時用英文也通

音檔使用說明

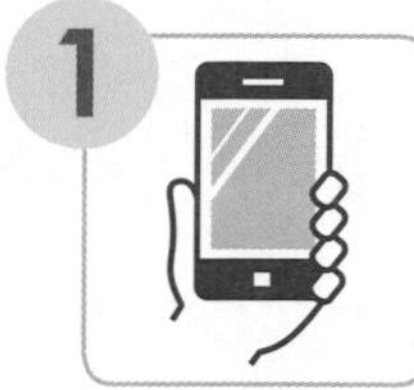

手機收聽

1. 偶數頁（例如第 26 頁）的頁碼旁都附有 **MP3 QR Code**
2. 用 APP 掃描就可立即收聽該跨頁（026 頁和 027 頁）的雲端音檔，掃描 028 頁的 QR 則可收聽 028 頁和 029 頁……

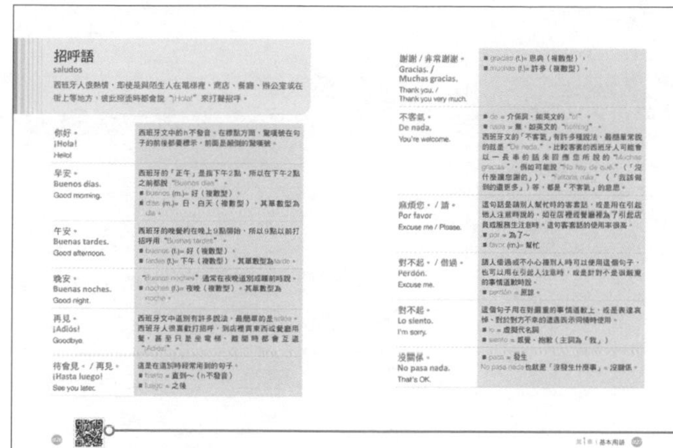

招呼語
saludos
西班牙人很熱情，即使是與陌生人在電梯裡、商店、餐廳、辦公室或在街上等地方，彼此照面時都會說"¡Hola!"來打聲招呼。

你好。 ¡Hola! Hello!	西班牙文中的h不發音。在標點方面，驚嘆號在句子的前後都要標示，前面是顛倒的驚嘆號。
早安。 Buenos días. Good morning.	西班牙的「正午」是指下午2點，所以在下午2點之前都說"Buenos días"。 ■ buenos (m.)= 好（複數型）。 ■ días (m.)= 日、白天（複數型），其單數型為día。
午安。 Buenas tardes. Good afternoon.	西班牙的晚餐約在晚上9點開始，所以9點以前打招呼用"Buenas tardes"。 ■ buenas (f.)= 好（複數型）。 ■ tardes (f.)= 下午（複數型），其單數型為tarde。
晚安。 Buenas noches. Good night.	"Buenas noches"通常在夜晚道別或睡前時說。 ■ noches (f.)= 夜晚（複數型），其單數型為noche。
再見。 ¡Adiós! Goodbye.	西班牙文中道別有許多說法，最簡單的是adiós。西班牙人很喜歡打招呼，到店裡買東西或餐廳用餐，甚至只是坐電梯，離開時都會互道"¡Adiós!"。
待會見。/再見。 ¡Hasta luego! See you later.	這是在道別時經常用到的句子。 ■ hasta = 直到～（h不發音） ■ luego = 之後
謝謝／非常謝謝。 Gracias. / Muchas gracias. Thank you. / Thank you very much.	■ gracias (f.)= 恩典（複數型）。 ■ muchas (f.)= 許多（複數型）。
不客氣。 De nada. You're welcome.	■ de = 介係詞，如英文的"of"。 ■ nada = 無，如英文的"nothing"。 西班牙文的「不客氣」有許多種說法，最簡單常說的就是"De nada."。比較客套的西班牙人可能會以一長串的話來回應您所說的"Muchas gracias"，例如可能說"No hay de qué."（「沒什麼讓您謝的」）、"Faltaría más."（「我該做到的還更多」）等，都是「不客氣」的意思。
麻煩您。／請。 Por favor Excuse me / Please.	這句話是請別人幫忙時的客套話，或是用在引起他人注意時說的，如在店裡或餐廳裡為了引起店員或服務生注意時。這句客套話的使用率很高。 ■ por = 為了～ ■ favor (m.)= 幫忙
對不起。／借過。 Perdón. Excuse me.	請人借過或不小心撞到人時可以使用這個句子，也可以用在引起人注意時，或是針對不是很嚴重的事情道歉時說。 ■ perdón = 原諒。
對不起。 Lo siento. I'm sorry.	這個句子用在對嚴重的事情道歉上，或是表達哀悼、對於對方不幸的遭遇表示同情時使用。 ■ lo = 虛擬代名詞 ■ siento = 感覺、抱歉（主詞為「我」）
沒關係。 No pasa nada. That's OK.	■ pasa = 發生 No pasa nada也就是「沒發生什麼事」，沒關係。

第1章｜基本用語

026　027

電腦收聽、下載

1. 手動輸入網址＋偶數頁頁碼即可收聽該跨頁音檔，按右鍵則可另存新檔下載
   http://epaper.morningstar.com.tw/mp3/0130014/audio/**026.mp3**
2. 如想收聽、下載不同音檔，請修改網址後面的編號或頁碼即可，如：
   http://epaper.morningstar.com.tw/mp3/0130014/audio/**028.mp3**
   http://epaper.morningstar.com.tw/mp3/0130014/audio/**030.mp3**
   依此類推……
3. 建議使用瀏覽器：Google Chrome、Firefox

全書音檔大補帖下載（請使用電腦操作）

1. 尋找密碼：請翻到本書第 76 頁，找出第一個詞彙的中文。
2. 進入網站：https://reurl.cc/xG5yk5（輸入時請注意英文大小寫）
3. 填寫表單：依照指示填寫基本資料與下載密碼。E-mail 請務必正確填寫，萬一連結失效才能寄發資料給您！
4. 一鍵下載：送出表單後點選連結網址，即可下載「音檔大補帖」壓縮檔。

發音

西班牙文使用拉丁字母，字母表如下：

字母表

大寫	小寫	讀法	解說
A	a	a	
B	b	be	近似台語的「買」。
C	c	ce	舌放在兩齒間發無聲音加ei（せ）音。拉丁美洲及西班牙南部此音同se。
D	d	de	發d音時，舌放在兩齒間發有聲音加ei（せ）音。
E	e	e	
F	f	efe	
G	g	ge	發g（ㄏ）音時略為震小舌發喉音。
H	h	hache	h不發音。
I	i	i（i-latina）	latina指「拉丁文的」，也就是i來自拉丁文字母，有別於西班牙文中來自希臘文發音相同的字母 y。
J	j	jota	發j（ㄏ）音時略為震小舌發喉音。
K	k	ka	
L	l	ele	
LL	ll	elle	
M	m	eme	

大寫	小寫	讀法	解說
N	n	ene	
Ñ	ñ	eñe	
O	o	o	
P	p	pe	pe近似be的音，但是be比pe輕柔。Pe近似台語「伯」的音。
Q	q	qu	
R	r	erre	r有兩種讀法，彈舌或不彈舌，視r在字中位置而定。
S	s	ese	
T	t	te	te近似de音，但是de較te輕柔。te近似台語「茶」的音。
U	u	u	
V	v	uve	v的發音同於b。ve的發音同於be，近似台語的「買」。
W	w	uve doble	doble是兩個的意思，指w像是兩個v在一起。
X	x	equis	u不發音。
Y	y	i （i griega）	griega 指「希臘的」，也就是說y這個字母借自希臘文。Y讀音同於i。
Z	z	zeta	ze的發音同於ce，z近似英文中無聲的th。同樣的，拉丁美洲及西班牙南部此音讀為se。

西班牙字母在字中的發音

大寫	小寫	在字中的發音	解說
A	a	a	總是發「ㄚ」
B	b	ba, be, bi, bo, bu	比英文的b發音較為輕柔
C	c	ca, ce, ci, co, cu	在a, o, u前發「ㄍ」音 在e, i前發「ㄙ」音（無聲的th音，拉丁美洲及西班牙南部發s音）
D	d	da, de, di, do, du	發d音時，舌放在兩齒間發th有聲音。
E	e	e	總是發「ㄝ」
F	f	fa, fe, fi, fo, fu	總是發「ㄈ」
G	g	ga, gue, gui, go, gu ge, gi	發g音時略為震動小舌發喉音。例如ga有別於非喉音的ca音。
H	h	（例：hola你好）	總是不發音
I	i	i	總是發「ㄧ」
J	j	ja, je, ji, jo, ju	總是發「ㄏ」，略為震動小舌發喉音。
K	k	ka, ke, ki, ko, ku	ka = ca, ko = co, ku = cu
L	l	la, le, li, lo, lu	總是發「ㄌ」
LL	ll	lla, lle, lli, llo, llu	總是發「ㄧ」
M	m	ma, me, mi, mo, mu	總是發「ㄇ」
N	n	na, ne, ni, no, nu	總是發「ㄋ」
Ñ	ñ	ña, ñe, ñi, ño, ñu	總是發「ㄋㄧ」
O	o	o	總是發「ㄛ」
P	p	pa, pe, pi, po, pu	p近似b的音，但是b比p輕柔。

大寫	小寫	在字中的發音	解說
Q	q	qa, que, qui, qo, qu	q和母音e, i的組合必須加上不發音的u： que = ke qui = ki
R	r	ra, re, ri, ro, ru （例：favor, Enrique, torre, quería）	■彈舌音：當r出現在字首（如：rojo紅色）、字尾（如：favor幫忙）或子音之後（如：Enrique男子名），或連續兩個r在一起時（如：torre高塔）。 ■非彈舌音：當r單獨出現在字中而非上述幾種情況時（如：quería喜歡）。近似於L「ㄌ」音，但較輕柔，舌的位置在較近喉嚨處，舌頭放鬆。
S	s	sa, se, si, so, su	總是發「ㄙ」
T	t	ta, te, ti, to, tu	比d強的音，舌頭位在前顎齒後。
U	u	u	總是發「ㄨ」，但在gue, gui, que, qui的組合裡不發音，除非少數的字裡在u上打兩點時則要發音，如：güe（ㄍㄨㄝ）, güi（ㄍㄨㄧ）。
V	v	va, ve, vi, vo, vu	總是發輕柔的「ㄅ」音，同於b音。
W	w	（例：whisky威士忌）	常發b, v「ㄅ」音，有時發u「ㄨ」音。通常外來語才用到，例如：whisky，發「ㄨ」音。
X	x	（例：México墨西哥；extranjero外國人）	通常發es「ㄝㄙ」、「ㄙ」或「ㄏ」
Y	y	y	總是發「ㄧ」
Z	z	za, ze, zi, zo, zu	總是發「ㄙ」，同於ce, ci的c音，如英文中無聲的th音。拉丁美洲及西班牙南部此音同於s。

上頁表格所舉例的是三個規則動詞的「現在直述式變化表」。而西班牙語還有許多動詞是不規則動詞，以下列舉一些常用的不規則動詞現在直述式變化，表格中加粗的文字就是代表不規則變化。

以下兩個常用的不規則動詞ser（是）和estar（是、在），近似英文的be動詞。這兩個動詞的現在直述式變化如下表列：

動詞原型 infinitivo / 人稱	ser 是	estar 是、在
yo 我	**soy**	**estoy**
tú 你	**eres**	**estás**
él / ella / usted 他／她／您	**es**	**está**
nosotros / nosotras 我們	**somos**	estamos
vosotros / vosotras 你們	**sois**	estáis
ellos / ellas / ustedes 他們／她們／您們	**son**	**están**

以下再舉例其他幾個常用的不規則動詞變化：

動詞原型 infinitivo / 人稱	ir 去	venir 來	decir 說	querer 愛、要	entender 了解	conocer 認識
yo 我	**voy**	**vengo**	**digo**	**quiero**	**entiendo**	**conozco**
tú 你	**vas**	**vienes**	**dices**	**quieres**	**entiendes**	conoces
él / ella / usted 他 / 她 / 您	**va**	**viene**	**dice**	**quiere**	**entiende**	conoce
nosotros / nosotras 我們	**vamos**	venimos	decimos	queremos	entendemos	conocemos
vosotros / vosotras 你們	**vais**	venís	decís	queréis	entendéis	conocéis
ellos / ellas / ustedes 他們 / 她們 / 您們	**van**	**vienen**	**dicen**	**quieren**	**entienden**	conocen

第1章
基本用語
expresiones básicas
basic expressions

雖然無法一下子就說出流暢的西文句子，
但如果能夠記下一些單字用語，
相信與當地人溝通時，
一定較能不慌不忙。

招呼語

saludos

西班牙人很熱情，即使是與陌生人在電梯裡、商店、餐廳、辦公室或在街上等地方，彼此照面時都會說“¡Hola!”來打聲招呼。

你好。 **¡Hola!** Hello!	西班牙文中的h不發音。在標點方面，驚嘆號在句子的前後都要標示，前面是顛倒的驚嘆號。
早安。 **Buenos días.** Good morning.	西班牙的「正午」是指下午2點，所以在下午2點之前都說“Buenos días”。 ■ buenos (m.)= 好（複數型）。 ■ días (m.)= 日、白天（複數型）。其單數型為día。
午安。 **Buenas tardes.** Good afternoon.	西班牙的晚餐約在晚上9點開始，所以9點以前打招呼用“Buenas tardes”。 ■ buenas (f.)= 好（複數型）。 ■ tardes (f.)= 下午（複數型）。其單數型為tarde。
晚安。 **Buenas noches.** Good night.	“Buenas noches”通常在夜晚道別或睡前時說。 ■ noches (f.)= 夜晚（複數型）。其單數型為noche。
再見。 **¡Adiós!** Goodbye.	西班牙文中道別有許多說法，最簡單的是adiós。西班牙人很喜歡打招呼，到店裡買東西或餐廳用餐，甚至只是坐電梯，離開時都會互道“¡Adiós!”。
待會見。/ 再見。 **¡Hasta luego!** See you later.	這是在道別時經常用到的句子。 ■ hasta = 直到～（h不發音） ■ luego = 之後

謝謝 / 非常謝謝。 **Gracias. / Muchas gracias.** Thank you. / Thank you very much.	■ gracias (f.)= 恩典（複數型）。 ■ muchas (f.)= 許多（複數型）。
不客氣。 **De nada.** You're welcome.	■ de = 介係詞，如英文的“of”。 ■ nada = 無，如英文的“nothing”。 西班牙文的「不客氣」有許多種說法，最簡單常說的就是“De nada.”。比較客套的西班牙人可能會以一長串的話來回應您所說的“Muchas gracias.”，例如可能說“No hay de qué.”（「沒什麼讓您謝的」）、“Faltaría más.”（「我該做到的還更多」）等，都是「不客氣」的意思。
麻煩您。/ 請。 **Por favor** Excuse me / Please.	這句話是請別人幫忙時的客套話，或是用在引起他人注意時說的，如在店裡或餐廳裡為了引起店員或服務生注意時。這句客套話的使用率很高。 ■ por = 為了～ ■ favor (m.)= 幫忙
對不起。/ 借過。 **Perdón.** Excuse me.	請人借過或不小心撞到人時可以使用這個句子，也可以用在引起人注意時，或是針對不是很嚴重的事情道歉時說。 ■ perdón = 原諒。
對不起。 **Lo siento.** I'm sorry.	這個句子用在對嚴重的事情道歉上，或是表達哀悼、對於對方不幸的遭遇表示同情時使用。 ■ lo = 虛擬代名詞 ■ siento = 感覺、抱歉（主詞為「我」）
沒關係。 **No pasa nada.** That's OK.	■ pasa = 發生 No pasa nada 也就是「沒發生什麼事」= 沒關係。

問句

preguntas

在旅行時難免會遇到問題，若能學會問問題的基本句法，相信旅行起來會更輕鬆快樂的。

～在哪裡？ **¿Dónde está ...?** Where is ...?	■ dónde = 哪裡 ■ está = 表示位置、狀態等的動詞（近似英文的be動詞。此為第三人稱單數型。如果所問的人、事、物為複數，就必須用複數型están。）
為什麼～？ **¿Por qué ...?** Why ...?	重音在qué（u不發音，發音近似「給」）。如果por和qué這兩個字連在一起變成一個字“porque”，意思就變成「因為～」，讀法一樣但重音在“por”。 ■ por = 為了 ■ qué = 什麼
如何～？ **¿Cómo ...?** How ...?	在詢問如何做一件事或到一個地方時，常用以Cómo開始的問句。向人問好時也用Cómo，如：¿Cómo está?（您好嗎？）。
何時～？ **¿Cuándo ...?** When ...?	如同英文的when，“cuando”用在直述句中，不加重音記號，意思為「當～的時候」。
多少～？ **¿Cuánto ...?** How much ...?	問價錢時常用到cuánto，例如：¿Cuánto es?（這多少錢？）。如果問的是可數名詞的數量多少，則用複數型cuántos。
哪一個～？ **¿Cuál ...?** Which ...?	發音近似「瓜」，尾音舌頭輕抵上顎。

是誰？
¿Quién es?
Who is it?

是誰的？
¿De quién es?
Whose is it?

是給誰的？
¿Para quién es?
Who is it for?

為什麼不（是／對）？
¿Por qué no?
Why not?

～是什麼？
¿Qué es ...?
What is?

是免費的嗎？
¿Es gratis?
Is it free?

回答
respuestas

西班牙文裡回答「是、不是」的問句，其句型和直述句一樣，必須從語調以及上下文來判斷對方是問了一個問題，或是在表達意見。有時問問題語調也不一定是上揚的，這時就要從上下文判斷。例如：「你吃飽了。」是"Has comido."，「你吃飽了嗎？」也是"¿Has comido?"

是。／好。／對。
Sí.
Yes.

不是。／不好。／不對。
No.（發音與英文的no接近，但o的音近ㄛ。）
No.

我不懂。
No entiendo.
I don't understand.

對不起，我沒辦法。
Lo siento. No puedo.
Sorry, I can't.

你說的有理。
Tienes razón.
You're right.

這不可能。
No puede ser.
It's impossible.

不行／免談。
Ni hablar.
No way.

我不認為這樣。
No creo.
I don't think so.

請託
pedir un favor

不好意思打擾一下。
Discúlpeme.
Excuse me.

我想要～
Quería ...
I would like to ...

我在找～
Busco ...
I'm looking for ...

您有沒有～？
¿Tiene ...?
Do you have ...?

可否麻煩您～？
Por favor. ¿Puede ...?
Excuse me. Could you please ...?

我可不可以～？
¿Puedo ...?
Can I ...?

謝謝，您人真好。
Gracias. Es muy amable
Thank you. It's very kind of you.

您說什麼？
¿Qué ha dicho?
What did you say?

請再說一次。
¿Puede repetir, por favor?
Could you please repeat?

這怎麼說？
¿Cómo se dice esto?
How do you say this?

這怎麼拼？
¿Cómo se escribe?
How do you spell it?

可以麻煩您說得更仔細些嗎？
¿Puede explicarlo, por favor?
Could you please explain it?

所有格

posesivos

表達人、事、物所屬的所有格用法，依照人、事、物名詞的陰陽性單複數，所有格代名詞也分陰陽性單複數。以下舉例說明：

例一	這皮包是我的。 **El bolso es mío.** The handbag is mine.	因為「皮包」bolso 是陽性名詞，所有格代名詞「我的」mío 也是陽性。
例二	這是我的皮包。 **Es mi bolso.** It's my handbag.	所有格「我的」mi 放在名詞「皮包」前則不分陰陽性。
例三	這是我的。 **Es mío.** It's mine.	名詞「皮包」雖沒說出來，所有格代名詞還是要分陰陽性。
例四	這些皮包是我的。 **Los bolsos son míos.** The handbags are mine.	因為「皮包」bolsos 是陽性名詞複數型，所有格代名詞「我的」míos 也是陽性複數型。
例五	這些是我的皮包。 **Son mis bolsos.** They are my handbags.	所有格「我的」放在名詞「皮包」前不分陰陽性，但要用複數型 mis。
例六	這些是我的。 **Son míos.** They're mine.	名詞「皮包」雖沒說出來，所有格代名詞還是要分陰陽性、單複數。

所有格單數型

	如例一、例三 (m. / f.)	如例二 (m. / f.)
我的	mío / mía	mi（不分陰陽性）
你的	tuyo / tuya	tu（不分陰陽性）
他的、您的	suyo / suya	su（不分陰陽性）
我們的	nuestro / nuestra	nuestro / nuestra
你們的	vuestro / vuestra	vuestro / vuestra
他們的、您們的	suyo / suya	su（不分陰陽性）

所有格複數型

	如例四、例六 (m. / f.)	如例五 (m. / f.)
我的	míos / mías	mis（不分陰陽性）
你的	tuyos / tuyas	tus（不分陰陽性）
他的、您的	suyos / suyas	sus（不分陰陽性）
我們的	nuestros / nuestras	nuestros / nuestras
你們的	vuestros / vuestras	vuestros / vuestras
他們的、您們的	suyos / suyas	sus（不分陰陽性）

數字
números

0	cero	16	dieciséis
1	uno	17	diecisiete
2	dos	18	dieciocho
3	tres	19	diecinueve
4	cuatro	20	veinte
5	cinco	21	veintiuno
6	seis	22	veintidós
7	siete	23	veintitrés
8	ocho	24	veinticuatro
9	nueve	25	veinticinco
10	diez	26	veintiséis
11	once	27	veintisiete
12	doce	28	veintiocho
13	trece	29	veintinueve
14	catorce	30	treinta
15	quince	31	treinta y uno

數字
números

32	**treinta y dos**	80	**ochenta**
33	**treinta y tres**	90	**noventa**
34	**treinta y cuatro**	100	**cien**
35	**treinta y cinco**	101	**ciento uno**
36	**treinta y seis**	140	**ciento cuarenta**
37	**treinta y siete**	141	**ciento cuarenta y uno**
38	**treinta y ocho**	200	**doscientos**
39	**treinta y nueve**	500	**quinientos**
40	**cuarenta**	1.000	**mil**
50	**cincuenta**	2.000	**dos mil**
60	**sesenta**	100.000	**cien mil**
70	**setenta**	1.000.000	**un millón**

註 西班牙文寫千位數以上的數字，標點方式與英文不同。英文的一千標為1,000，西班牙文的一千則標為1.000，十萬標為100.000，以此類推。

序數

números ordinales

因為名詞詞性有陰陽的差別，所以搭配使用的序數也分陰陽。

陽性序數標示	陽性序數（配合陽性名詞使用）	陰性序數標示	陰性序數（配合陰性名詞使用）	英文
1º	primero primer（用在名詞前）	1ª	primera	first
2º	segundo	2ª	segunda	second
3º	tercero tercer（用在名詞前）	3ª	tercera	third
4º	cuarto	4ª	cuarta	fourth
5º	quinto	5ª	quinta	fifth
6º	sexto	6ª	sexta	sixth
7º	séptimo	7ª	séptima	seventh
8º	octavo	8ª	octava	eighth
9º	noveno	9ª	novena	nineth
10º	décimo	10ª	décima	tenth

地面樓（一樓）
piso bajo / planta baja
ground floor

一樓（其實是台灣的二樓）
primer piso / primera planta
first floor

- 西班牙文中的樓層可以用piso或planta表達，其中piso是陽性名詞，搭配陽性形容詞使用（bajo）；planta是陰形名詞，搭配陰性形容詞使用（baja）。
- 西班牙的樓層算法和台灣不大相同。台灣的「一樓」在西班牙稱為piso bajo或planta baja，即是「地面樓」的意思。因此，西班牙的一樓就是台灣的二樓，以此類推。

✓ piso = 樓、公寓
✓ planta = 樓
✓ bajo / baja = 低、下面

（他／她／它）在三樓。
Está en la tercera planta. / Está en el tercer piso.
(He's / She's / It's) on the third floor.

- tercera planta也可以說planta tercera。
- tercero放在piso之前要改為tercer。

我是第一個。（男性／女性）
Soy el primero. / Soy la primera.
I'm (the) first.

- el primero / la primera 序數可以當形容詞，也可當代名詞，這裡當代名詞用。說話者如果是男性，就用陽性的primero；如果是女性，就用陰性的primera。前面必須加冠詞el（陽性）或la（陰性）。

✓ soy = 我是

時間

la hora

西班牙的店家或是辦公室通常上班時間分為兩段：早上從8、9點到1、2點；下午從4、5點到晚上8、9點。不過像是百貨公司或郵局，或是觀光景點的紀念品店，通常中午是不休息的。所謂中午指的是約2～4點。

凌晨 **(la) madrugada** early morning	上午 **(la) mañana** morning	中午 **(el) mediodía** noon
下午 **(la) tarde** afternoon	晚上 (la) noche **night**	小時 **(la) hora** hour
分鐘 **(el) minuto** minute	秒 **(el) segundo** second	時刻表 **(el) horario** schedule / timetable
手錶 / 鐘 **(el) reloj** watch / clock	時間 **(el) tiempo** time	現在（副詞） **ahora** now
現在（名詞） **(el) presente** present	過去 **(el) pasado** past	未來 **(el) futuro** future

現在幾點？
¿Qué hora es? / ¿Tiene hora?
What time is it?

問時間通常有兩種說法：

- "Por favor, ¿qué hora es?" 是直接問「現在幾點？」
- "¿Tiene hora, por favor?" 直譯則是「您有時刻嗎？」，也是「現在幾點？」的意思。（¿Tiene? = 您有～嗎？）

現在是3 點15分。

Son las tres y cuarto.

It's quarter past three.

- cuarto = 第四；四分之一；在此指15分鐘（一刻鐘）
- son = 是（第三人稱複數型；相當於英文的are；用複數型因為「三」點是複數，若是「一」點的話，則用單數型es）。

現在是1 點30分。

Es la una y media.

It's one-thirty.

- una = 數字「一」（uno）的陰性型。（因為「小時」hora是陰性名詞，所以用una。其它的數字則沒有陰陽性之分。）
- media = 一半；媒體。（media hora指「半小時」。）
- es = 是。（第三人稱單數動詞，相當於英文的is。因為「一」點是單數，所以動詞用單數型。）

現在是3 點45分。

Son las cuatro menos cuarto. / Son las tres cuarenta y cinco.

It's quarter of four. / It's three fourty-five.

西班牙文中表達「45 分」通常都說「下一個小時少一刻鐘」，比較少直說「幾點45分」。“las cuatro menos cuarto”直譯就是「4 點少一刻鐘」。

- menos = 減少。

時刻表是如何？

¿Cuál es el horario?

What's the schedule?

- el horario = 時刻表、行程表，也可表示開店的時間或是辦公的時間。

早上9點到2點，下午5點到8點。
De las nueve a las dos de la mañana, y de las cinco a las ocho de la tarde.
From nine to two in the morning, and five to eight in the evening.

中午休息的店家門口常標示“Cerrado a mediodía”；中午不休息的店家常標示“Abierto a mediodía”。

- cerrado = 關閉
- abierto = 開放

星期
días de la semana

您注意過嗎？西班牙的月曆上，每週是從星期一開始，而不是從星期日開始的。

星期
la semana
week

星期一
lunes
Monday

星期二
martes
Tuesday

星期三
miércoles
Wednesday

星期四
jueves
Thursday

星期五
viernes
Friday

星期六
sábado
Saturday

星期日
domingo
Sunday

上星期
la semana pasada
last week

這星期
esta semana
this week

下星期
la próxima semana
next week

下星期
la semana que viene
next week

實用例句

今天星期幾？
¿Qué día es hoy?
What day is it today?

是星期一。
Es lunes.
It's Monday.

日期
la fecha

西班牙的日期說法是：～（日）＋ de ＋～（月），如1 月3 日是"tres de enero"。

日
día
day

月
mes
month

年
año
year

昨天
ayer
yesterday

今天
hoy
today

明天
mañana
tomorrow

前天
anteayer
the day before yesterday

後天
pasado mañana
the day after tomorrow

兩天前
hace dos días
two days ago

兩天後
en dos días
in two days

四季
las cuatro estaciones
the four seasons

季節（站 / 車站）
estación
season / station

天氣

el tiempo

西班牙的氣候各地不同：沿地中海邊屬於地中海氣候，夏天熱、冬天雖冷而不下雪；中部高原地區則是夏天乾熱、冬天寒冷，山區會積雪；北部沿海地區雨量較多，夏天不熱、冬天濕冷。因為氣候的不同，各地景色也會有不同的風情。

- clima：(m.) 氣候
- tiempo：(m.) 天氣；時間

現在式的說法

“hace” 是 “hacer” （做）的第三人稱單數動詞，是說明天氣時常用的動詞。

今天天氣如何？
¿Qué tiempo hace hoy?
How's the weather today?

出太陽、晴天。
Hace sol.
It's sunny.

現在在下雨。
Está lloviendo.
It's raining.

現在在下雪。
Está nevando.
It's snowing.

現在多雲。
Está nublado.
It's cloudy.

常下雨（雨很大）。 /
常下雪（雪很大）。
Llueve mucho. / Nieva mucho.
It rains a lot. / It snows a lot.

未來式的說法

“hace” 是現在式，可用在敘述未來，但也可以用未來式 “hará” 來描述天氣。

明天天氣如何？
¿Qué tiempo hará mañana?
What will the weather be tomorrow?

明天會下雨。
Lloverá mañana.
It will rain tomorrow.

明天是晴天。
Hará sol mañana.
It will be sunny tomorrow.

快下雨了。
Va a llover.
It's going to rain.

應用單字
vocabulario

一月
enero
January

二月
febrero
February

三月
marzo
March

四月
abril
April

五月
mayo
May

六月
junio
June

七月
julio
July

八月
agosto
August

九月
septiembre
September

十月
octubre
October

十一月
noviembre
November

十二月
diciembre
December

春天
primavera
spring

夏天
verano
summer

秋天
otoño
autumn

冬天
invierno
winter

實用例句

今天幾號？
¿A qué estamos hoy?
What is the date today?

7月6日
Es seis de julio.
It's Juy 6th.

1月3日
tres de enero
January 3rd.

2月7日
siete de febrero
February 7th.

樓層
las plantas

地下室
sótano
basement

地面樓（台灣的「一樓」）
planta baja
ground floor

一樓（台灣的「二樓」）
primera planta
first floor

二樓（台灣的「三樓」）
segunda planta
second floor

頂樓
azotea
rooftop

閣樓
ático
attic

貨幣及常用單位
monedas y medidas

1 歐元 **un euro** one euro	1（歐）分 **un céntimo** one cent	20（歐）分 **veinte céntimos** twenty（euro）cents
100 歐元 **cien euros** 100 euros	500 歐元 **quinientos euros** 500 euros	20,49 歐元（EUR20,49 / 20,49€） **veinte euros con cuarenta y nueve céntimos** twenty euros and forty-nine cents
長度 **longitud** length	重量 **peso** weight	面積 **área / superficie** area
一公分 **(un) centímetro** one centimeter	一公克 **(un) gramo** one gram	一平方公尺 **(un) metro cuadrado** one square meter
一公尺 **(un) metro** one meter	一公斤 **(un) kilogramo / kilo** one kilogram / kilo	容量 **volumen** volume
一公里 **(un) kilómetro** one kilometer	一公噸 **(una) tonelada** one ton	一公升 **(un) litro** one liter

第2章

溝通

comunicación

communication

來到西班牙，
若能用上幾句西文與當地人交談，
體驗西班牙人的熱情，
相信會是這趟旅程最難忘的回憶。

自我介紹
presentaciones

我是麗雯。
Soy Liwen. / Me llamo Liwen.
I'm Liwen. / My name is Liwen.

你從哪裡來？ / 您從哪裡來？
¿De dónde eres? / ¿De dónde es?
Where are you from?

我來自台灣。
Soy de Taiwán.
I'm from Taiwan.

我是台灣人。（男性 / 女性）
Soy taiwanés. / Soy taiwanesa.
I'm Taiwanese.

你住哪裡？
¿Dónde vives?
Where do you live?

我住在台北。
Vivo en Taipéi.
I live in Taipei.

認識朋友
conocer gente

你叫什麼名字？ / 您叫什麼名字？
¿Cómo te llamas? / ¿Cómo se llama?
What's your name?

原型動詞為llamarse，屬反身動詞。動詞llamar是「叫」或「打電話」的意思。

- me llamo ... = 我叫做～

請（說）慢一點。
Más despacio, por favor.
Please speak more slowly.

可以請您重覆一次嗎？
¿Puede repetir, por favor?
Could you please repeat it?

很高興認識你。
Mucho gusto.
Nice to meet you.

很高興認識你。（說話者為男性 / 女性）
Encantado. / Encantada.
Nice to meet you.

跟您談話很愉快。
Ha sido un placer hablar con usted.
It's been a pleasure talking to you.

常用連接詞
palabras conectoras

和
y
and

或
o
or

可是
pero
but

也是
también
also（... too）

也不
tampoco
also not (... either)

不是～也不是～
no ... ni ...
not ... nor ...

邀約
invitaciones

一起喝杯咖啡吧。
Vamos a tomar un café.
Let's get a coffee.

一起喝一杯吧。
Vamos a tomar una copa.
Let's get a drink.

我們明天約在哪裡見面？
¿Dónde quedamos mañana?
Where do we meet tomorrow?

可以幫我們照張相嗎？
¿Nos puede hacer una foto?
Could you take a picture of us?

可以跟你要手機號碼嗎？
¿Me das tu número de móvil?
May I have your cell phone number?

我給你我的電子信箱。
Te doy mi correo electrónico.
I'll give you my email address.

請將照片用E-mail寄給我。
Por favor, mándame las fotos por correo electrónico.
Please email me the photos.

致歉
disculpándose

抱歉，我該走了。
Discúlpeme. Tengo que irme.
Excuse me. I have to go.

對不起，我沒有時間。
Perdóneme, pero no tengo tiempo.
I'm sorry but I don't have time.

溝通釐清語意

clarificaciones

我只會說一點點西班牙語。
Hablo poco español.
I only speak a little Spanish.

我不會說西班牙語。
No hablo español.
I don't speak Spanish.

我懂。
Entiendo.
I understand.

這個意思是什麼？
¿Qué significa esto?
What does it mean?

～的西班牙文怎麼說？
¿Cómo se dice ... en español?
How do you say ... in Spanish?

當然。
Por supuesto. / Claro.
Of course.

當然是。 / 當然不是。
Claro que sí. / Claro que no.
Of course. / Of course not.

可以請您寫在這裡嗎？
¿Puede escribirlo aquí, por favor?
Could you please write it down here?

什麼？
¿Cómo?
Pardon?

我不懂。
No entiendo.
I don't understand.

～的意思是什麼？
¿Qué significa ... ?
What does ... mean?

您說什麼？ / 他（她）說什麼？
¿Qué ha dicho?
What did you say? /
What did he (she) say?

可能。
Quizás. / Quizá. / A lo mejor.
Maybe.

說到台灣
hablando de Taiwán

我不是泰國人，我是台灣人。
No soy de Tailandia, soy de Taiwán.
I'm not from Thailand. I'm from Taiwan.

你知道台灣在哪裡嗎？
¿Sabes dónde está Taiwán?
Do you know where Taiwan is?

台灣在中國大陸的東方。
Taiwán está al este de China continental.
Taiwan is located east of mainland China.

台灣也叫做福爾摩沙，或「美麗之島」。
Taiwán también se llama Formosa, o Isla Hermosa.
Taiwan is also called Formosa, or "beautiful island."

你喜歡中國菜嗎？
¿Te gusta la comida china?
Do you like Chinese food?

我沒試過。
Nunca la he probado.
I've never tried it.

說到西班牙
hablando de España

這是我第一次來西班牙。
Es la primera vez que estoy en España.
This is my first time in Spain.

你參觀過聖家堂嗎？
¿Has estado en la Sagrada Familia?
Have you ever been to “La Sagrada Familia” (The Holy Family)?

您建議我到哪裡參觀？
¿Qué me recomienda que visite?
What places should I visit?

西班牙菜如何？
¿Cómo es la comida española?
How is the Spanish food?

您建議我嚐嚐哪種道地食物？
¿Qué comida típica me recomienda que pruebe?
What local food do you recommend that I try?

西班牙最有名的是百雅飯。
Lo más famoso de España es la paella.
The most famous dish in Spain is paella.

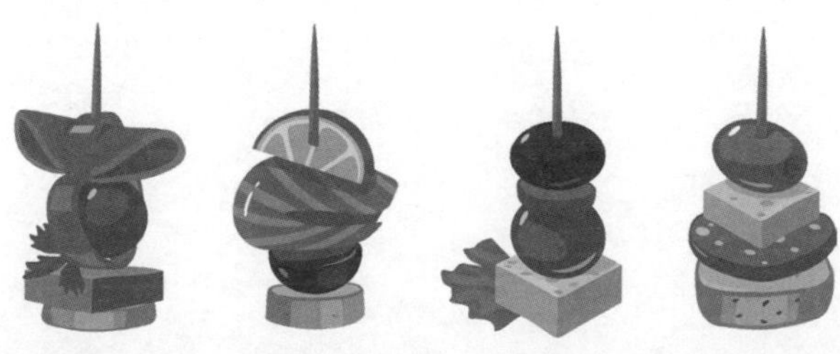

談談天氣
hablando del tiempo

天氣真好。
Hace buen tiempo.
The weather is good.

這裡總是出太陽嗎？
¿Siempre hace sol aquí?
Is it always sunny here?

冬天會下雪嗎？
¿Nieva en invierno?
Does it snow in winter?

實用句型：明天好像會～

明天好像會～
Parece que mañana ...
It seems that tomorrow ...

實用字彙

下雨（未來式）
lloverá
it will rain

下雪（未來式）
nevará
it will snow

是陰天（未來式）
estará nublado
it will be cloudy

很冷（未來式）
hará frío
it will be cold

很熱（未來式）
hará calor
it will be warm

是晴天（未來式）
hará sol
it will be sunny

節慶
fiesta

我是來參加奔牛節的。
He venido para los Sanfermines.
I've come for the festival of Sanfermines (“Running of the Bulls”).

我喜歡西班牙，尤其是各地的節慶。
Me gusta España, sobre todo las fiestas locales.
I like Spain, especially its local festivals.

這裡當地的節慶在什麼時候舉行？
¿En qué fechas son las fiestas locales?
When are the dates for the local festivals?

實用字彙

聖誕節 **Navidad** Christmas	新年 **Año Nuevo** New Year	聖週（復活節當週） **Semana Santa** Holy Week
復活節 **Pascua** Easter	節慶 / 派對 / 假日 **fiesta** festival / party / holiday	園遊會 / 商展 **feria** fair

家庭

familia

西班牙人注重家庭生活，在街上常常可看到全家大小一起用餐、散步的情景，三代同堂的家庭也很常見。

你家有幾個人？
¿Cuántas personas hay en tu familia?
How many people are there in your family?

我家有四個人。
Hay cuatro personas en mi familia.
There are four people in my family.

這位女士是誰？
¿Quién es esa señora?
Who is that lady?

這是我的媽媽。
Es mi madre.
This is my mother.

這位先生是誰？
¿Quién es ese señor?
Who is that gentleman?

這是我父親。
Es mi padre.
This is my father.

你的母親從事什麼工作？
¿A qué se dedica tu madre?
What does your mother do for a living?

她是記者。
Es periodista.
She's a journalist.

你的父親從事什麼工作？
¿A qué se dedica tu padre?
What does your father do for a living?

他是理髮師。
Es peluquero.
He's a hairdresser.

你有兄弟姊妹嗎？
¿Tienes hermanos?
Do you have siblings?

我是獨生子 / 獨生女。
Soy hijo único / hija única.
I'm an only child.

我有一個兄弟，一個姊妹。
Tengo un hermano y una hermana.
I have a brother and a sister.

■ **文法解析**

介紹家人時會使用到「我的」、「你的」等所有格的用法，請參考第1章。

實用字彙

爸爸 **padre / papá** father	媽媽 **madre / mamá** mother	祖父、外公 **abuelo** grandfather	祖母、外婆 **abuela** grandmother
兒子 **hijo** son	女兒 **hija** daughter	哥哥 **hermano mayor** older brother	姊姊 **hermana mayor** older sister
弟弟 **hermano menor / hermano pequeño** younger brother		妹妹 **hermana menor / hermana pequeña** younger sister	
兄弟 **hermano** brother	姊妹 **hermana** sister	叔叔、伯伯、舅舅 **tío** uncle	姑姑、阿姨 **tía** aunt
表兄弟、堂兄弟 **primo** cousin (male)	表姊妹、堂姊妹 **prima** cousin (female)	孫子 **nieto** grandson	孫女 **nieta** granddaughter

丈夫
esposo / marido
husband

妻子
esposa / mujer
wife

手足的配偶或配偶的手足（男性 / 女性）
cuñado / cuñada
brother-in-law / sister-in-law

公公或岳父 / 婆婆或岳母
suegro / suegra
father-in-law / mother-in-law

工作
trabajo

西班牙人對於工作並沒有「萬般皆下品，唯有讀書高」的觀念，從事各行各業只要敬業都受到尊重。西班牙人除了重視工作外，也兼顧休閒和家庭生活。每年除了聖誕假期及復活節假期之外，八月是普遍的休假月份。

您的工作是什麼？ / 你的工作是什麼？
¿A qué se dedica usted? / ¿A qué te dedicas?
What do you do for a living?

我是律師。（女性 / 男性）
Soy abogada. / Soy abogado.
I'm a lawyer.

註 dedicarse a = 從事…工作。這是反身動詞，所以用在第三人稱（él, ella）或第二人稱敬語 (Vd.) 為se dedica a，用在第二人稱（tú）則是te dedicas a。記得加上介系詞 a。

實用字彙

	女性	男性
律師	abogada	abogado
服務員	camarera	camarero
司機	conductora	conductor
店員	dependienta	dependiente
護士	enfermera	enfermero
公務員	funcionaria	funcionario
小學老師	maestra	maestro
工程師	ingeniera	ingeniero
工人	obrera	obrero
工作者（泛稱）	trabajadora	trabajador
中學、大學老師	profesora	profesor
計程車司機	taxista	
記者	periodista	
商人	comerciante	
歌手	cantante	
醫師	médico	

工作時數
horas de trabajo

您一週工作幾小時？
¿Cuántas horas trabaja usted a la semana?
How many hours do you work a week?

你一週工作幾小時？
¿Cuántas horas trabajas a la semana?
How many hours do you work a week?

我每週工作40小時。
Trabajo cuarenta horas a la semana.
I work forty hours a week.

註 西班牙人看似悠閒，其實每週工作時數並不比其他歐洲國家少。每天的工作時間往往被午休分隔為兩個時段，但是兩時段加起來還是有八小時長。

實用字彙

多少小時？
Cuántas horas?
How many hours?

工作（第二人稱敬語或第三人稱）
trabaja
works (3rd person)

工作（第二人稱）
trabajas
work (2nd person)

每週
a la semana
per week

興趣
aficiones

你喜歡足球嗎？
¿Te gusta el fútbol?
Do you like soccer?

不，我喜歡棒球。
No, me gusta el béisbol.
No, I like baseball.

你喜歡騎單車嗎？
¿Te gusta montar en bici [-cleta]?
Do you like cycling?

是的，我喜歡。
Sí, me gusta.
Yes, I do.

註 "No, me gusta el béisbol." 這句話在 "no" 和 "me" 之間要停頓一下。如果連在一起說，意思就完全相反，變成「我不喜歡棒球」（No me gusta el béisbol.）。

休閒
ocio y tiempo libre

你週末都做些什麼事？
¿Qué haces los fines de semana?
What do you usually do on weekends?

我看書還有看電視。
Leo libros y veo la tele[-visión].
I read books and watch TV.

實用句型：你喜歡（做）～嗎？

你喜歡唱歌嗎？（¿Te gusta ＋動詞）
¿Te gusta cantar?
Do you like singing?

■ **文法解析**

問句句型「¿Te gusta ...? = 你喜歡～嗎？」後面可以接如以下的動詞原型。若要強調語氣，可在問句前加上a ti（對你來說），變成 ¿A ti te gusta cantar?。

實用字彙

唱歌 **cantar** to sing	跳舞 **bailar** to dance	走路 **caminar** to walk
跑步 **correr** to run	閱讀 **leer** to read	打網球 **jugar al tenis** to play tennis
你做什麼？ **¿Qué haces?** What do you do?	週末（單數） **el fin de semana** weekend	週末（複數） **los fines de semana** weekends
我閱讀 **leo** I read	書 **el libro** book	看 **veo** I watch / I see
電視 **la tele** TV	運動 **el deporte** sport	籃球 **el baloncesto** basketball
園藝 **jardinería** gardening	單車 **la bicicleta** bicycle	騎單車 **montar en bicicleta** to ride a bicycle

足球	棒球	爬山
el fútbol	**el béisbol**	**senderismo**
soccuer	baseball	hiking

看影片	看書	看電視
ver películas	**leer libros**	**ver la tele**
to watch films	to read books	to watch TV

逛博物館 / 美術館	畫畫	到公園玩
visitar museos	**pintar**	**pasar el tiempo en un parque**
to visit museums	to paint	to spend time in a park

實用句型：我喜歡～。

我喜歡唱歌 / 我喜歡這本書。

Me gusta cantar. / Me gusta este libro.

I like singing. / I like this book.

■ 文法解析

表達喜好的句型「Me gusta ... = 我喜歡～」後面可以接動詞原型或單數名詞。Me gustan ... 後面則是加複數名詞。若要強調語氣，可在句子前面加上 a mí（對我來說），變成 A mí me gusta cantar。

實用字彙

聊天	彈鋼琴	開車	旅行
charlar	**tocar el piano**	**conducir**	**viajar**
to chat	to play the piano	to drive	to travel

戲劇	演唱會	海灘	動物（複數）
el teatro	**el concierto**	**la playa**	**los animales**
theatre	concert	beach	animals

音樂
música

你喜歡哪一種音樂？
¿Qué tipo de música te gusta?
What kind of music do you like?

我喜歡古典音樂。
Me gusta la música clásica.
I like classical music.

實用句型：你喜歡（＋名詞）嗎？

你喜歡音樂嗎？（¿Te gusta ＋名詞？）
¿Te gusta la música?
Do you like music?

■ **文法解析**
問句句型「¿Te gusta ... ? = 你喜歡～？」後面可以接如以下的單數名詞。

實用字彙

西班牙歌曲
la canción española
Spanish song

西班牙音樂
la música española
Spanish music

歌劇
la ópera
opera

西班牙輕歌劇
la zarzuela
Spanish operetta

爵士
el jazz
jazz

拉丁音樂
la música latina
Latin music

流行音樂
la música pop
pop

搖滾樂
el rock
rock

古典音樂
la música clásica
classical music

實用句型：你不喜歡～嗎？

1. 你不喜歡這食物嗎？（¿No te gusta ＋名詞？）
¿No te gusta la comida?
Don't you like the food?

2. 你不喜歡看書嗎？（¿No te gusta ＋動詞？）
¿No te gusta leer libros?
Don't you like to read books?

實用字彙

西班牙食物
la comida española
Spanish food

看雜誌
leer revistas
to read magazines

看報紙
leer el periódico
to read newspapers

看電影
ir al cine
to go to the movies

游泳
nadar
to swim

烹飪
cocinar
to cook

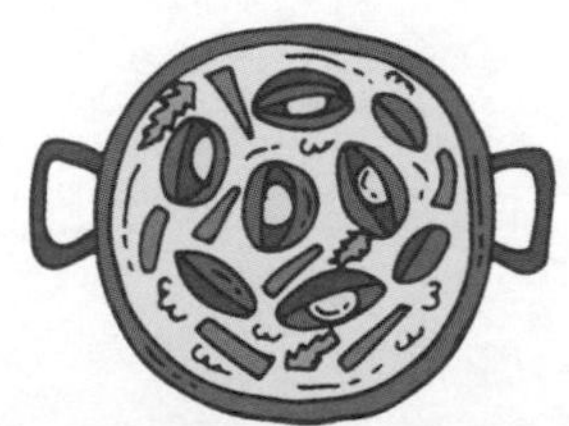

實用句型：我不喜歡～。

1. 我不喜歡喝酒。
   No me gusta beber.
   I don't like to drink.

2. 我不喜歡這本書。（No me gusta ＋單數名詞）
   No me gusta el libro.
   I don't like the book.

3. 我不喜歡舞廳。（No me gustan ＋複數名詞）
   No me gustan las discotecas.
   I don't like night clubs.

實用字彙

舞廳 **la discoteca** disco / club	唱片 **el CD (cede)** the CD	影片 **los videos** videos
賭場 **los casinos** casinos	早起 **madrugar** to get up early	工作 **trabajar** to work
打掃 **limpiar** to clean	喝（酒） **beber** to drink (alcohol)	散步 **pasear** to take a walk

電影
el cine

我們去看電影。
Vamos al cine.
Let's go to the movies.

你想看哪部電影？
¿Qué película te gustaría ver?
Which movie would you like to see?

實用字彙

電影院、電影（總稱）
cine
cinema

電影（指一部片子）
película
film

文藝愛情片
película romántica
romantic film

動作片
película de acción
action film

奇幻冒險
película de aventura
adventure film

紀錄片
película documental
documentary

卡通片
película animada
animated film

喜劇片
película cómica
comedy film

劇情片
película de drama
drama film

實用句型：我不想～

我不想______。（No quiero ＋動詞原型）
No quiero ______ .
I don't want to ______ .

實用字彙

開車
conducir
drive

一個人去（男性 / 女性）
ir solo / sola
go alone

再多吃
comer más
eat more

看這部影片
ver esta película
watch this film

實用句型：我想要～

我想要______。（Querría ＋動詞原型）
Querría ______ .
I would like to ______ .

實用字彙

租車
alquilar un coche
rent a car

租公寓
alquilar un piso
rent an apartment

開銀行戶頭
abrir una cuenta bancaria
open a bank account

訂位（餐廳）
reservar una mesa
reserve a table

實用句型：我可以到哪裡～？我該到哪裡～？

1. 我可以到哪裡買入場券？
   ¿Dónde puedo comprar la entrada?
   Where can I buy an entrance ticket?

2. 我該在哪裡下車？
   ¿Dónde debo bajar?
   Where should I get off?

實用字彙

下車
bajar
get off

付錢
pagar
pay

買入場券
comprar la entrada
buy an entrance ticket

得到～的資訊
obtener información sobre ...
obtain information about ...

實用句型：我想（認為、相信）～ / 我不認為（相信）

1. 我想（認為、相信）________。
   Creo que ________ .
   I think that ________ .

實用例句

我明天再去。
iré mañana.
I'll go tomorrow.

我們會成功。
tendremos éxito.
we will succeed.

實用句型：我想（認為、相信）～ / 我不認為（相信）

2. 我不認為（相信）______。
No creo que ______.
I don't think that ______.

實用例句

商店下午會開。
La tienda esté abierta por la tarde.
The store is open in the afternoon.

明天會下雨。
Llueva mañana.
It will rain tomorrow.

實用句型：附近有沒有～？

附近有沒有______？
¿Hay ______ cerca de aquí?
Is there ______ nearby?

實用字彙

餐廳
una cafetería
cafeteria / restaurant

洗衣間
una lavandería
laundromat

停車場
un parking
parking

游泳池
una piscina
swimming pool

回答例句

房子後面有停車場。
Detrás de la casa hay un parking.
There's a parking lot behind the house.

地下室有洗衣間。
En el sótano hay una lavandería.
There's a laundry room in the basement.

旅館前面有餐廳。
Enfrente del hotel hay una cafetería.
There's a cafeteria in front of the hotel.

學校旁邊有游泳池。
Hay una piscina al lado de la escuela. /
Al lado de la escuela hay una piscina.
There's a swimming pool next to the school.

實用字彙

後面	地下室	前面	旁邊
detrás de ...	**el sótano**	**enfrente de ...**	**al lado de ...**
behind ...	basement	in front of ...	next to ...

實用句型：我們到［某地點］＋［從事某活動］

我們到山上滑雪。
Vamos a esquiar [活動] en la montaña [地點].
We're going skiing in the mountains.

實用字彙

活動

滑雪	跑步	曬太陽	散步
esquiar	**correr**	**tomar el sol**	**pasear**
ski	run	sunbathe	take a walk

地點

在山上	在海邊	在公園
en la montaña	**en la playa**	**en el parque**
in the mountains	on the beach	in the park

實用句型：這是為了～的 / 這是給～的

這是為了______的 / 這是給______的。
Es para ______ .
It's for ______ .

實用例句

這是給我爸爸的。
Es para mi padre.
It's for my father.

這是給我媽媽的。
Es para mi madre.
It's for my mother.

這是要外帶的。
Es para llevar.
It's for take-out.

這是要內用的。
Es para tomar aquí.
It's for here.

實用句型：我們必須～

我們必須＿＿＿＿。
Tenemos que ＿＿＿＿.
We should ＿＿＿＿.

實用字彙

早點到達
llegar pronto
arrive early

快點
darnos prisa
hurry up

等15分鐘
esperar quince minutos
wait fifteen minutes

明天回來
volver mañana
return tomorrow

實用句型：我忘了～

我忘了＿＿＿＿。
Me he olvidado de ＿＿＿＿.
I forget ＿＿＿＿.

實用字彙

他的名字
su nombre
his / her name

打電話給媽媽
llamar a mi madre
to call my mother

怎麼回旅館
cómo volver al hotel
how to return to the hotel

拿雨傘
coger mi paraguas
to take my umbrella

實用句型：你可以推薦我哪個～？

你可以推薦我哪個______？
¿Qué ______ me recomiendas?
Which ______ do you recommend?

實用字彙

書
libro
book

餐廳
restaurante
restaurant

電影
película
film

實用句型：我夢想～

我一直都夢想著______。
Siempre he soñado con ______.
I have always dreamed about ______.

實用字彙

環遊世界
viajar por el mundo
traveling around the world

到西班牙去
ir a España,
going to Spain

到尼泊爾做義工（男性 / 女性）
ser voluntario / voluntaria en Nepal
being a volunteer in Nepal

從事極限運動
practicar deportes de riesgo
doing extreme sports

第3章

交通

transporte

transportation

西班牙的大眾運輸系統發達，
無論是公車、火車、地鐵或計程車都很便利安全。
在各城鎮的古城區步行觀光，
累了就隨意到露天咖啡座歇腳，
別有一番風味。

預訂機位
hacer reserva de vuelo

我想預訂機位。
Me gustaría hacer una reserva del vuelo.
I would like to book a flight.

我想取消機位。
Me gustaría cancelar una reserva del vuelo.
I would like to cancel a flight reservation.

我想更改出發日。
Me gustaría cambiar la fecha de la salida.
I would like to change the date for departure.

我想確認機位。
Me gustaría confirmar la reserva del vuelo.
I would like to confirm a flight reservation.

報到／託運行李
presentarse en el mostrador / la facturación de equipaje

您好，我們要到巴塞隆納。
¡Hola! Vamos a Barcelona.
Hi! We are going to Barcelona.

您要託運行李嗎？
¿Quiere facturar el equipaje?
Would you like to check in your luggage?

我要託運兩件行李箱。
Querría facturar dos maletas.
I'd like to check in two suitcases.

可以給我們坐在一起的位置嗎？
¿Nos puede dar asientos juntos?
Could you assign us adjacent seats?

靠窗或靠走道？
¿Ventanilla o pasillo?
Window or aisle?

往巴塞隆納的 125 號班機在第 8 號登機門登機。
El vuelo número uno-dos-cinco para Barcelona, embarque en la puerta ocho.
Flight number 125 to Barcelona is boarding at Gate 8.

機場實用字彙
vocabulario para el aeropuerto

（機艙）前面
parte delantera (del avión)
the front (of the plane)

（機艙）後面
parte trasera (del avión)
the back (of the plane)

（機艙）中間
parte central (del avión)
the middle (of the plane)

特別餐
comida especial
special meal

兒童餐
comida para niños
children's meal

素食
comida vegetariana
vegetarian meal

航廈 **terminal** terminal	飛機 **avión** airplane	海關 **aduana** customs
服務櫃台 **mostrador** counter	護照 **pasaporte** passport	簽證 **visado** visa
託運（行李） **facturar** check in (luggage)	行李 **equipaje** luggage	行李箱 **maleta** suitcase
背包 **mochila** backpack	提袋 **bolsa** bag	出境 / 出發 **salidas** departures
入境 / 抵達 **llegadas** arrivals	航班 **vuelo** flight	延誤 **con retraso** delayed
準時 **puntual** on time	登機 **embarque** boarding	登機證 **tarjeta de embarque** boarding pass
登機門 **puerta** gate	安全 **seguridad** security	危險 **peligro** danger
緊急情況 **emergencia** emergency	出口 **salida** exit	緊急出口 **salida de emergencia** emergency exit

出境通關
salida – control de pasaportes

可以給我您的護照與登機證嗎？
¿Me permite su pasaporte y la tarjeta de embarque?
Could you show me your passport and boarding pass?

這個可以帶上飛機嗎？
¿Puedo llevar esto en el avión?
Can I take this on the plane?

旅途愉快。
Buen viaje.
Have a good trip.

實用字彙

安檢
control de seguridad
security check

機票
billete
ticket

手提行李
equipaje de mano
carry-on luggage

通關（檢查護照）
control de pasaportes
passport control

文件證明
documentación
documentation

背包
mochila
backpack

登機
embarque

借過。
Perdón.
Excuse me.

可以換座位嗎？
¿Puedo cambiar el asiento?
Can I change my seat?

請繫好您的安全帶。
Por favor, abróchese el cinturón de seguridad.
Please fasten your seatbelt.

可以解開安全帶了嗎？
¿Me puedo quitar el cinturón de seguridad ahora?
May I take off my seat belt now?

可以給我柳橙汁嗎？
¿Me puede dar un zumo de naranja, por favor?
Could you please bring me an orange juice?

可以給我一杯水嗎？
¿Me puede dar un vaso de agua, por favor?
Could you please bring me a glass of water?

實用字彙

枕頭
almohada
pillow

毯子
manta
blanket

耳機
auriculares
headset

水
agua
water

熱水
agua caliente
hot water

冰塊
cubitos de hielo
ice cubes

報紙
periódico
newspapers

雜誌
revista
magazine

眼罩
antifaz
sleep mask

入境通關
llegada – control de pasaportes

這排隊伍是給歐洲公民專用的。
Esta fila es solo para ciudadanos de la Unión Europea.
This line is for EU citizens only.

這排隊伍是給持其他護照的旅行者。
Esta fila es para viajeros con otros pasaportes.
This line is for travelers with other passports.

請不要超出這條線。
Por favor, no pase de esta línea.
Please do not cross the line.

您要在西班牙待多久？
¿Cuánto tiempo se quedará en España?
How long will you stay in Spain?

兩個星期。
Dos semanas.
Two weeks.

這是我的回程機票。
Aquí está mi billete de vuelta.
Here's my return ticket.

為什麼來西班牙？
¿Para qué viene a España?
Why are you traveling to Spain?

為了觀光而來。
Vengo de turismo.
For sightseeing.

實用字彙

外國人（男性／女性）
extranjero / extranjera
foreigner

出差
viaje de negocios
business trip

身分證
D. N. I. (Documento Nacional de Identidad)
National I. D.

觀光
turismo
tourism / sightseeing

行李提領
recogida de equipajes

我少了一件行李。
Me falta una maleta.
I lost a suitcase.

我的行李箱送達時被弄壞了。
Mi maleta ha llegado dañada.
My suitcase was damaged during the trip.

海關檢查
aduana

您有沒有東西需要申報？
¿Tiene algún objeto que declarar?
Do you have anything to declare?

沒有，我沒有需要申報的東西。
No, no tengo nada que declarar.
No, I don't have anything to declare.

這背包裡有什麼？
¿Qué hay en la mochila?
What's in your backpack?

有一台相機、一台筆電和一個皮夾。
Hay una cámara, un ordenador portátil, y una billetera.
There's a camera, a laptop computer, and a wallet.

實用字彙

手機
móvil
cell phone

平板電腦
tablet
tablet

錢包
monedero
purse (for coins)

藥品
medicamentos
medicine / medication

兌換外幣
cambio de moneda

請問哪裡可以兌換外幣？
Por favor, ¿dónde se puede cambiar moneda?
Excuse me, where can I exchange money?

美金換歐元的匯率是多少？
¿A cuánto está el cambio de dólares a euros?
What is the exchange rate of the US Dollar to the Euro?

可以幫我把這1000美元換成歐元嗎？
¿Puede cambiarme estos mil dólares en euros?
Could you change one thousand US Dollars into Euros?

我需要5 歐元和10歐元的鈔票。
Necesito billetes de cinco y diez euros.
I need 5 euro and 10 euro bills.

我需要在收據上簽名嗎？
¿Necesito firmar algún recibo?
Do I need to sign the receipt?

陸地交通常用句
frases útiles para transporte de superficie

請問地鐵站在哪裡？
¿Por favor, dónde hay una parada de metro?
Excuse me, where is the subway?

下一班往巴塞隆納的火車幾點出發？
¿A qué hora sale el próximo tren para Barcelona?
What time does the next train leave for Barcelona?

請問一張來回票多少錢？
¿Cuánto vale un billete de ida y vuelta?
How much is a roundtrip ticket?

請問一張單程票多少錢？
¿Cuánto vale un billete de ida solo?
How much is a one-way ticket?

請問有時刻表嗎？
¿Tiene una lista de horarios?
Could you give me the bus / train schedule?

我要一張到馬德里的來回票。
Quería un billete de ida y vuelta para Madrid.
I'd like a roundtrip ticket to Madrid.

下一班火車（公車）什麼時候開？
¿Cuándo sale el próximo tren (autobús)?
When will the next train (bus) leave?

該下車時請告訴我。
Por favor, avíseme cuando tenga que bajar.
Please let me know when I have to get off.

步行要多久？
¿Cuánto tiempo se tarda caminando?
How long does it take to walk there?

旅程共多久？
¿Cuánto tiempo dura el viaje?
How long is the trip?

計程車招呼站在哪裡？
¿Dónde está la parada de taxis?
Where can I find a taxi?

有到馬德里的直達公車嗎？
¿Hay autobús directo a Madrid?
Is there a direct bus to Madrid?

實用句型：～在哪裡？

______在哪裡？
¿Dónde está ______?
Where is ______?

■ 文法解析

問句句型 ¿Dónde está ...? 後面可以接單數名詞。¿Dónde están ...? 後面則接複數名詞。問句前加上 Por favor（請、麻煩您）比較禮貌，也容易得到別人協助。

實用字彙

公車站牌
la parada de autobuses
bus stop

地鐵（站）
el metro
subway

火車站
la estación de tren / la estación de RENFE
train station

詢問處 / 服務台
información
information desk

售票窗口
la ventanilla de billetes
ticket window

櫃台
el mostrador
counter

公車進站月台
la dársena
(bus station) platform

實用句型：要多久才～？（¿Cuándo tiempo se tarda ...?）

要多久才到達？
¿Cuánto tiempo se tarda en llegar?
How long does it take to get there?

■ **文法解析**

問句句型 ¿Cuánto tiempo se tarda en ...? 後面接動詞原型或使用的交通工具，如：¿Cuánto tiempo se tarda en coche?（坐車／開車要多久）。句型 ¿Cuánto tiempo tarda ...? 後面接單數名詞，如：¿Cuánto tiempo tarda el viaje?（旅程要多久？）。

實用字彙

旅程／旅行 **el viaje** trip	旅程（指行程中的一段） **el trayecto** a leg (of a journey / trip)	航班 **el vuelo** flight	到達 **llegar** to arrive
車 **coche** car	火車 **tren** train	步行 **caminando** to walk	高速公路 **la autopista** highway

實用句型：我想要～

我想要______。
Querría ______.
I would like ______.

■ **文法解析**

Querría ... 是客氣地表達需求的句型；前面或後面再加上Por favor（請、麻煩您）則更為客氣。若直接說 Quiero ...（我要～）較不禮貌。

實用字彙

一張到馬德里的票 **un billete a Madrid** a ticket to Madrid	一張來回票 **un billete de ida y vuelta** a roundtrip ticket

一張單程票
un billete de ida solo
a one-way ticket

一份時刻表
una lista de horarios
a timetable

一張地圖
un plano / un mapa
a map

一張可坐多次的折價公車票
un bonobús
a bus bonus card

一張可坐多次的折價公車地鐵票
un metrobús
a multi-pass bus-subway card

一張可坐十次的折價票
un bono de diez viajes
a ten-trip public transport card

實用句型：你可以～嗎？

您可以給我地址嗎？
¿Me podría dar la dirección?
Could you give me the address?

■ **文法解析**

問句句型 ¿Me podría ...?（您可以～我嗎？）是客氣的問法，後面接動詞原型。句子之前或之後可再加上 Por favor（請、麻煩您）。

實用字彙

給
dar
to give

幫助
ayudar
to help

說 / 告訴
decir
to say / tell

寫
escribir
to write

展示 / 指出 / 教
enseñar
to show / teach

指出 / 指示
indicar
to indicate

解釋
explicar
to explain

聽
escuchar
to listen

實用句型：我找不到～。

我找不到行李。
No encuentro el equipaje.
I can't find my luggage.

■ **文法解析**

No encuentro ...（我找不到～）後面可以接人、物或地點。

實用字彙

我的行李箱
mi maleta
my suitcase

機票
el billete de avión
the plane ticket

收據
el recibo
the receipt

護照
el pasaporte
the passport

候車室
la sala de espera
the waiting room

門（登機門）
la puerta
the gate

航廈
la terminal
the terminal

出口
la salida
the exit

登機門
la puerta de embarque
the boarding gate

公車
autobús

麻煩您，我要一張到馬德里的來回票（單程票）。
Por favor, uno para Madrid, ida y vuelta (ida solo).
Excuse me, I'd like a round-trip (one-way) ticket to Madrid.

麻煩您，一張可坐十次的市公車票。
Por favor, un bonobús.
Excuse me, (I'd like) a ten-trip bus card.

明天上午（下午）6 點出發。
Sale mañana, a las seis de la mañana (tarde).
(The bus) will leave at six in tomorrow morning (afternoon).

回程是5 月3 日上午8 點。
La vuelta, el día tres de mayo, a las ocho de la mañana.
The return trip (will be) on May 3rd, at eight o'clock in the morning.

特別說明

- 西班牙的「下午」指下午 2～9 點間，因為西班牙的午餐大約在2 點，晚餐大約在 9 點。
- 一般購買車票時不需要講出「車票」（billete）這個字，只要說出數目就可以理解了。然而客套話非常重要，如例句開頭的「麻煩您」（por favor）。西班牙人一般來說很注重禮貌。

實用字彙

請問／麻煩您 **por favor** excuse me	～在哪裡？ **¿Dónde está ...?** Where is ...?	為了～，往～ **para ...** for ... / to ...
只是～，單獨 **solo** alone	單程（票） **ida solo** one way	來回（票） **ida y vuelta** round trip
出發 **la salida** departurc	到達 **la llegada** arrival	回程 **la vuelta** return trip
延誤 **retraso** delay	準時 **a tiempo** on time	電梯 **el ascensor** elevator
明天／早上 **mañana** tomorrow / morning	下午 **tarde** afternoon	晚上 **noche** night

西班牙的公車

西班牙的公車（el autobús）和台灣一樣有兩種：一種是往返不同城鎮的公車，另一種是市公車，都叫做autobús。以下就這兩種公車略做說明：

■ 往返城鎮間的公車

這種公車通常要到公車總站（la estación de autobuses）搭乘，除了有往返西班牙國內各城鎮的公車之外，還有往返歐洲各城市的長程公車。西班牙不同區域的公車路線由不同公司負責，但公車總站裡都有這些公司的櫃台。如果不清楚目的地的路線是哪一家公司負責，總站有詢問處（información）可以提供資訊。

公車票分為單程票（ida solo）和來回票（ida y vuelta）兩種，通常來回票已包含折扣。買票時要確認出發的時間和日期，回程的時間也可以先訂下來，或是保留開放票（abierto）。建議先訂下時間，這樣才能確定有座位，如需更改，只要提早到總站更改就好了，不需支付額外費用。

■ 市公車

西班牙的市公車路線四通八達，非常方便。唯一對外國遊客來說比較困難的就是公車站名。在台灣的公車站牌常以地標、學校或是醫院命名，而西班牙的公車站牌（la parada de autobús）則是以路名來命名，在兩條路的交叉口，公車站牌就會以這兩條路名來命名。困難的地方在於西班牙的路名常常是人名（藝術家、文學家、國王名、聖人等），所以很長；而且西班牙街道的路名常常標示在建築物的外牆，常被高大的路樹擋住，難以辨認。幸好有以下解決之道：（1）公車站都有地圖，只要對照著地圖就知道目的地的路名。（2）西班牙人非常熱心，雖然懂英語的人不多，但只要你拿著地圖指出你所要到的目的地，無論乘客或司機都會樂於幫忙。請司機提醒到站了，也是許多人經常使用的方法。

市公車票可以事先在賣香菸的小店或是小書報攤購買，這種小店叫做estanco。通常一張公車票可以坐十次，這樣的票叫做bonobús，比較便宜。如果沒有買公車票，就要在上公車時付現金給司機，那樣比較貴。

地鐵
metro

麻煩您，我要一張可坐10次的（地鐵）票。
Por favor, querría un billete de diez viajes.
Excuse me, I'd like a (subway) card for ten trips.

麻煩您，能給我一張地鐵圖嗎？
¿Por favor, me podría dar un plano del metro?
Excuse me, could you give me a map of the subway system?

請問我應該坐哪一條地鐵線到太陽門？
¿Por favor, qué línea tengo que tomar para ir a la Puerta del Sol?
Excuse me, which line should I take to go to Puerta del Sol?

請問我應該在哪一站下車才能到大廣場？
¿Por favor, en qué parada tengo que bajar para ir a la Plaza Mayor?
Excuse me, which stop should I get off at to go to Plaza Mayor?

特別說明

- 西班牙的大城市都有完整的地鐵系統，例如西班牙第一大城首都馬德里（Madrid）、第二大城巴塞隆納（Barcelona）、第三大城瓦倫西亞（Valencia）、北部工業重鎮畢爾包（Bilbao）、南部的塞維亞（Sevilla）、格拉那達（Granada）、馬拉加（Málaga），地中海上的度假島馬約卡（Mallorca）以及地中海沿岸數個觀光度假城鎮等。地鐵系統除了地下鐵之外，還有被稱為tranvía的輕軌系統，常做為連結都會和郊區的交通工具。
- 地鐵站在西班牙是以M這個字母表示，通常是紅色字。在大都市裡，地鐵非常便利且便宜。對觀光客來說，也比公車路線容易掌握。以馬德里為例，地鐵站幾乎遍佈全城，無論在何處，只要往街角多走幾步路，就可以看到地鐵站。若真的找不到地鐵站，就可以用上述例句詢問路人。進了地鐵站，首先要買票，可以在自動購票機購買，或是向服務中心購票。票分為一次票及十次票。建議購買折扣高的十次票。地鐵圖標示清楚，方便攜帶，只要有一張地鐵圖搭配城市的地圖，自助觀光就非常容易了。

- Puerta del Sol = 太陽門（馬德里的重要地標廣場，是全西班牙放射狀公路的起點，又被稱為「零公里處」（kilómetro cero）。
- 馬德里以及其他許多大城市的主要廣場都叫做 Plaza Mayor。

實用字彙

我想要～
Querría ...
I would like ...

我能夠～嗎？
¿Podría ...?
Could I ...?

票
billete
ticket

旅行 / 旅程（此指坐一段地鐵的旅程）
viaje
trip

給
dar
give

地圖
plano
map

哪個 / 什麼～？
¿Qué ...?
Which / What ...?

線 / 地鐵線
línea
line

我應該～
Tengo que ...
I should ...

搭乘 / 拿 / 食用
tomar
take

門
puerta
door

太陽
sol
sun

站（巴士站、地鐵站）
parada
stop (bus stop, subway station)

下車
bajar
get off

廣場
plaza
square

街道
calle
street

計程車
taxi

麻煩您，我需要一輛計程車到機場。
Por favor, necesito un taxi para ir al aeropuerto.
Excuse me, I need a taxi to the airport.

請（載我）到「大道旅館」。
Por favor, al Hotel Gran Vía.
Please (take me) to Hotel Gran Via.

就是這裡，謝謝。
Aquí está. Gracias.
Here we are. Thank you.

特別說明

- 西班牙的計程車在有些都市是白色的，有些是黑黃兩色，車頂上若亮綠燈表示空車。若是空車，擋風玻璃會有綠色字體寫著 libre（「空車、白由」之意）的牌子；若正載客，擋風玻璃上會掛著紅色字體寫的 ocupado（「忙碌、被佔據」之意）的牌子。
- 叫計程車的方式有三種：一是在街上隨叫隨停；二是在計程車排班處搭乘；三是以電話呼叫。計程車排班處（parada de taxi）會在重要道路、車站、機場看到，須依排班順序搭乘。電話呼叫也十分方便，每個城鎮多半有呼叫服務公司 teletaxi，可請旅社代為呼叫。
- 西班牙的計程車司機多半友善，乘坐計程車不需付小費。
- 西文中，介系詞 a 和冠詞 el 接在一起時，寫為、讀為 al。

實用字彙

我需要～
Necesito ...
I need ...

大道（街名）
Gran Vía
Grand Street

這裡
aquí
here

就是了
está
it is

付錢
al pagar

8 歐元加上 1 歐元服務費，總共是 9 歐元。
Ocho euros más un euro de complemento. Son nueve euros.
Eight Euros plus one Euro service charge. The total is nine Euros.

請收下，不用找零，謝謝。
Aquí lo tiene. Quédese con el cambio. Gracias.
Here you are. Keep the change. Thank you.

實用字彙

加上 **más** plus	增加的服務費用 **el complemento** service charge	是 **son** are
代名詞（在此指錢） **lo** it	您有 **tiene** you have	您留著～ **quédese con ...** keep ...

火車
tren

請問恰馬爾丁車站在哪裡？
Por favor, ¿dónde está la estación de Chamartín?
Excuse me, where is Chamartin Station?

早上往巴塞隆納的高鐵幾點出發？
¿A qué hora sale el AVE para Barcelona por la mañana?
What time does the high speed train leave for Barcelona in the morning?

9 點、10點、11點出發。
Sale a las nueve, a las diez y a las once.
It leaves at nine, ten and eleven o'clock.

麻煩一張9 點出發往巴塞隆納的單程票。
Por favor, uno de ida solo, en el que sale a las nueve para Barcelona.
A one-way ticket to Barcelona that leaves at nine, please.

二張10月22日到馬德里的車票。
Dos billetes para Madrid para el día veintidós de octubre.
（註：這裡para是介係詞）
Two tickets to Madrid for October 22nd.

這是直達車還是每站都停？
¿Es el tren directo o para en todas estaciones?
（註：這裡para是停靠的動詞）
Is this a direct train or does it stop at every station?

特別說明

- 西班牙每個城市的火車站常有特定的名稱，例如：馬德里有兩個火車站，北邊的叫做「恰馬爾丁」（Chamartín），南邊的叫做「阿豆恰門」（Puerta de Atocha），或簡稱「阿豆恰」（Atocha）。「火車站」（la estación de tren）則是通稱。到了當地，常聽到的是當地火車站的名稱。西班牙國鐵簡稱為RENFE（Red Nacional de Ferrocarriles Españoles），訂票及查詢網站為www.renfe.es，有英文頁面。網上購票後直接列印車票即可。
- 火車站的幾種說法：la estación de tren, la estación de ferrocarril, la estación de RENFE。
- 西班牙的高鐵叫做AVE（Alta Velocidad Española），連結西班牙各地包括馬德里、巴塞隆納、塞維亞等20個城市。（www.avexperience.es）。

實用字彙

月台
andén
platform

座位
asiento
seat

服務台
información
information desk

大人
adultos
adults

小孩
niños
children

頭等車廂
clase preferente
first class

一般車廂
clase turista
economy class

自動售票機
máquina de autoservicio
self-service vending machine

手續費
tasa
fee

預約
reserva
reservation

高鐵
tren de alta velocidad
high-speed train

通勤火車（往返城市近郊）
tren de cercanías
commuter train

地鐵
metro
metro

計程車
taxi
taxi

實用句型：火車（何時）～

火車早上8點出發。
El tren sale a las ocho de la mañana.
The train leaves at eight in the morning.

■ **文法解析1**

「出發」sale 配合第三人稱單數名詞，salen 則配合第三人稱複數名詞，如：Salen los trenes.（火車出發。火車這裡為複數）。主詞「火車」el tren 可以放在動詞 sale 的前面或後面。以下為不同時間的說法：

實用字彙

1點 **a la una** at one o'clock	2點 **a las dos** at two o'clock	3點 **a las tres** at three o'clock	4點 **a las cuatro** at four o'clock

早上～ **... de la mañana** in the morning	下午～ **... de la tarde** in the afternoon
晚上～ **... de la noche** in the evening	清晨～ **... de la madrugada** early in the morning

■ **文法解析2**

問句句型 ¿A qué hora ...?（幾點～？）的另一種說法是 ¿Cuándo ...?（何時～？）。因此例句也可這麼說：¿Cuándo sale el tren?。以下是可能用到的動詞第三人稱單數：

實用字彙

出發 **sale** leaves（v.）	到達 **llega** arrives	回來 **vuelve** returns	來 **viene** comes
離開 / 走 **va** goes	開（門） **abre** opens	關（門） **cierra** closes	結束 **termina** ends

座位

plaza / asiento

頭等車廂還是一般車廂？
¿Clase preferente o turista?
First class or economy class?

沒位子了。
No quedan plazas.
There are no seats available.

我可以換座位嗎？
¿Podría cambiar de asiento?
Could I change my seat?

註 一般長途火車的車廂等級分為「頭等車廂」（clase preferente）及「一般車廂」（clase turista），購票時必須告知所要購買的等級。城市近郊的短程火車（通勤火車）tren de cercanías 則無分等級。

實用句型：我可以換～嗎？

我可以換票嗎？
¿Podría cambiar el billete?
Can I change the ticket?

■ **文法解析**

以假設語氣Podría ...（我可以～）開頭是禮貌的問法。若用現在式Puedo ...（我可以～）也無妨，只是沒那麼客氣。

實用字彙

座位
el asiento
the seat

日期
la fecha
the date

時間
la hora
the time

去程（來回票的第一程）
la ida
the first leg of the roundtrip ticket

回程（來回票的第二程）
la vuelta
the return trip

（座艙）等級
la clase
the class

車廂
el tren
the train

退票
devolver el billete
to refund the ticket

實用句型：您必須～。

您必須提早5分鐘到達。
Tiene que llegar cinco minutos antes.
You have to arrive five minutes early.

■ **文法解析**

Hay que ...（必須～）指任何人普遍需這麼做，若要明確指出「你必須」則說 Tienes que ...，「您必須」是 Tiene que ...。三種說法後面都是接動詞原型。

實用字彙

等待一個星期
esperar una semana
to wait one week

在這裡簽名
firmar aquí
to sign here

填表格
rellenar el formulario
to fill out the form

明天再回來
volver mañana
to come back tomorrow

付稅金
pagar el impuesto
to pay the tax

付手續費
pagar la tasa
to pay the fee

到櫃台報到
presentarse en el mostrador
to check in at the counter

託運行李
facturar el equipaje
to check in the luggage

觀光巴士
bus turístico

請問一日票多少錢？
Por favor, ¿cuánto vale el billete de un día?
How much is a one-day ticket?

請問三日票多少錢？
Por favor, ¿cuánto vale el billete de tres días?
How much is a three-day ticket?

可以給我簡介的小冊子嗎？
¿Me podría dar un folleto?
Could you give me a brochure?

請問哪一條線可以到皇宮？
Por favor, ¿qué línea nos lleva al Palacio Real?
Excuse me. Which line takes us to the Royal Palace?

特別說明

- 西班牙的大城市都有觀光巴士。這些巴士的外觀色彩鮮豔，容易辨識，通常上下兩層都有座位，上層露天，方便拍照，但是上車前記得做好防曬準備，或是戴頂帽子。西班牙溫差大，如果黃昏之後搭乘露天的觀光巴士，即使夏天，也記得帶件薄外套。
- 上車時司機會發給乘客耳機。每個座位都有景點介紹的錄音播放系統，插上耳機就可收聽。通常有西班牙文、英文、義大利文、法文、日文等不同語言的介紹。
- 觀光巴士通常可以購買一日（24小時）或三日票，可以在車票有效時間內不限次數搭乘，隨時在任一觀光巴士路線的站牌上下車。如果在一個城市的停留天數不多，這是經濟又有效率的觀光方式。
- 觀光巴士常有兩三條不同的路線，可在購票前在站牌向司機索取路線圖，上車前向司機購票即可。只要到大的觀光景點就可以看到觀光巴士的站牌，例如馬德里的太陽門廣場（Puerta del Sol）、普拉多美術館（Museo del Prado）；巴塞隆納的海港（Puerto）的哥倫布雕像（Monumento de Colón）、加泰隆尼亞廣場（Plaza de Cataluña）；瓦倫西亞市中心的女王廣場（Plaza de la Reina）等地點。

實用字彙

紅線
línea roja
red line

紅車
coche rojo
red car

藍線
línea azul
blue line

藍車
coche azul
blue car

黃線
línea amarilla
yellow line

黃車
coche amarillo
yellow car

路線
línea
line

套票（有折扣，較為經濟）
bono
voucher

步行
pasear

您可以走路（到那裡）。
Puede ir a pie.
You can go by foot.

您喜歡散步嗎？
¿Le gusta pasear?
Do you like taking walks?

我們來散步一圈。
Vamos a dar una vuelta.
Let's take a walk.

我走路來的。
He venido andando. / He venido caminando.
I've walked here.

我在軋斯得亞那大道。
Estoy en el Paseo de la Castellana.
I'm on Paseo de la Castellana.

特別說明

- 在西班牙旅遊，除了搭乘大眾運輸工具或開車之外，步行也是非常好的「交通工具」。城鎮裡，觀光景點多半在較古老的區域。古城範圍不大，步行就可以到大部分的重要景點。西班牙人喜歡散步，所以寬敞的人行道和大馬路中央的綠園道都適合散步。走幾步路就有小咖啡館和露天咖啡座可以隨時坐下來喝杯飲料休息。餐後西班牙人喜歡“pasear”（散步）或“dar una vuelta”（繞一圈；也是散步的意思）。

租車
alquiler de coches

我想要租車。
Querría alquilar un coche.
I'd like to rent a car.

您有預約嗎？
¿Tiene reserva?
Do you have a reservation?

沒有，我沒預約。
No, no tengo reserva.
No, I don't have a reservation.

有，我有預約。
Sí, tengo reserva.
Yes, I have a reservation.

價位如何？
¿Cuál es el precio?
What's the price?

您要用幾天？
¿Cuántos días lo necesita?
How many days do you need it?

一星期。
Una semana.
A week.

有特惠價。
Hay una oferta especial.
There's a special offer.

價位是一天50歐元。
El precio es de cincuenta euros por día.
The price is 50 Euros per day.

一星期280歐元。
Doscientos ochenta euros por semana.
280 Euros per week.

包含第三責任險嗎？
¿Incluye seguro a terceros?
Is third party liability insurance included?

當然是的。
Sí, por supuesto.
Yes, of course.

您何時需要（車）？
¿Cuándo lo necesita?
When do you need it?

現在。/ 馬上。
Ahora mismo.
Right now.

特別說明

- 如果決定租車旅遊，就要在台灣先申請國際駕照。租車除了可以事先在網路上預訂外，也可以在機場、火車站租車，或是到當地旅行社或租車公司直接租車。如果請當地旅行社代訂，價格可能比較便宜。租車的保險最好買高額一點，較有保障。還車時記得將汽油加回原來的刻度，才不會被罰錢。還車時間不能超過約定的時間，不然必須多付一天的費用。租車和其他消費一樣要加付稅金（IVA）。
- 注意：在拉丁美洲，「車子」通常稱為carro，在西班牙則通稱為coche。在這兩個地區，「車子」也都可稱為auto，因此「租車」也可稱為 alquiler de autos。
- 喜歡開車的人，到西班牙租車旅行也是一種很方便又好玩的方式，除了自由、舒適之外，還可以探索到達目的地之前，沿路的各個小鄉鎮。西班牙的公路系統發達，只要有一張公路地圖，就可以到達各個城鎮，而且公路上通常車流量不大，除非是遇到馬德里或巴塞隆納附近公路上下班尖峰時間，才會有塞車的情況。公路開車比起在台灣算是非常舒適，但是進了城市就不容易，因為很多城市裡的景點都在舊市區，道路較窄，也多單行道。
- 租車旅行會比利用大眾運輸工具昂貴。租車的費用就不便宜，還得加上保險費。一般的旅館如果附有停車場，通常可以免費停車，但是到了市區裡，停車常常必須付費，再加上汽油並不便宜，所以整個花費會比坐公車或火車貴。
- 決定在西班牙租車旅行之前，要先了解當地的開車習慣。一般來說，租到的會是手排車。每家租車公司會有少數幾台自排車，但可能比較貴，還得事先預訂。西班牙人開車普遍遵守交通規則，不遵守規則的駕駛，有可能引起路人或其他駕駛的公憤而遭到當面指正或按喇叭抗議。在高速公路上駕駛，最安全保險的方法就是和其他車輛開差不多同等速度，如果路上沒有其他車輛，最好還是依速限行駛。必須注意的地方是，西班牙的高速公路內車道一定是超車用，不能佔用。道路規劃方面有許多圓環，遇到圓環必須依序行駛。在道路上不能隨意迴轉，如果發現開錯路了，必須繼續開到下一個圓環再迴轉。

第4章
飲食
comida
food

西班牙的地中海式美食
注重健康、自然、原味。
街上處處可見餐廳、咖啡館，
有豐盛的大餐，也有簡易的輕食。

餐廳種類
tipos de restaurantes

小咖啡館 / 小酒吧
bar
bar / coffee shop

咖啡廳 / 餐廳
cafetería
coffee shop / cafeteria

餐廳
restaurante
restaurant

三明治 / 潛艇堡專賣店
bocatería
sandwich / sub shop

糕點店
pastelería
pastry shop

巧克力店
chocolatería
chocolate shop

冰淇淋店
heladería
ice cream shop

酒吧 / 餐廳
taberna
tavern

啤酒屋
cervecería
bar

燒烤店
asador
grill house

餐廳 / 客棧
mesón
tavern / inn

披薩店
pizzería
pizza restaurant

一間典型的餐廳
un restaurante típico
a restaurant that serves local food

中國餐廳
restaurante chino
Chinese restaurant

西班牙餐廳
restaurante español
Spanish restaurant

義大利餐廳
restaurante italiano
Italian restaurant

德國餐廳
restaurante alemán
German restaurant

日本餐廳
restaurante japonés
Japanese restaurant

烹調法

油炸 **frito / a la romana** deep-fried	鐵板燒 / 煎 **a la plancha** grilled / sauteed	燒烤 **asado / a la parrilla** roast / on the grill
烤（進烤箱） **al horno** baked / broiled	蒸 **al vapor** steamed	燉煮 **guisado** stewed
煮 **cocido** cooked	炒 **salteado** stir-fried	水煮 **hervido** boiled

西班牙人的用餐時間

西班牙人的飲食時間比較特別，午餐時間是下午2～4點，晚餐則在晚上9點左右，有時甚至10點才開始。因為正餐時間非常晚，他們常會在正餐間吃些小點心，一天包括點心共有五餐。但是到西班牙的旅客不用擔心無法配合他們的飲食時間，在較熱鬧的地區還是有許多配合觀光客飲食時間的餐廳，只是如果有人約你共進晚餐，不要忘了下午先吃些點心，因為晚餐要到9點以後才開始。

一日五餐的說法

- **desayuno = 早餐**
  早餐通常在早上8～9點，但在12點前都可以說是早餐。
- **almuerzo = 早上的點心 / 午餐**
  有些地方稱早上11～12點間用的點心為almuerzo，有些地方稱午餐為almuerzo。
- **comida = 午餐**
  午餐時間是下午2～4點，是西班牙最重要也最豐盛的一餐。
- **merienda = 下午的點心**
  西班牙人習慣在下午6～7點間用點心。
- **cena = 晚餐**
  晚餐晚上9點後用，正式聚餐有時到10點後才開始。西班牙的晚餐份量通常不多。

實用字彙：一日「五」餐

名詞

早餐 **desayuno** breakfast	早午餐 / 午餐 **almuerzo** brunch / lunch	午餐 **comida** lunch
下午點心 **merienda** afternoon snack	晚餐 **cena** dinner	

動詞

用早餐 **desayunar** to have breakfast	用早午餐 / 用午餐 **almorzar** to have brunch / to have lunch	
用午餐 / 吃 **comer** to have lunch	用下午點心 **merendar** to have afternoon snack	用晚餐 **cenar** to have dinner

西班牙的「油條」叫做churros，類似台灣可以買到的吉拿棒，有些咖啡店在早餐時段會供應churros，搭配濃郁的熱巧克力食用，別具風味。

訂位
hacer reserva

您好。我要訂位。
Hola. Me gustaría hacer una reserva.
Hello. I'd like to make a reservation.

什麼時候？
¿Para cuándo?
For when?

明天晚上9 點。
Mañana a las nueve de la noche.
Tomorrow at nine in the evening.

幾位？
¿Cuántas personas?
How many?

四位。
Cuatro.
Four.

請問大名？
¿Su nombre, por favor?
Your name, please?

請問貴姓？
¿Su apellido, por favor?
Your last name, please?

我姓楊。
Mi apellido es Yang. “Y griega,” “a,” “ene,” “ge.”
My last name is Yang. Y-a-n-g.

實用字彙

我要～
me gustaría ...
I'd like to ...

做
hacer
do

名字
el nombre
name

為了～
para ...
for ...

明天
mañana
tomorrow

晚上
de la noche
at night

多少？（配合陰性名詞）
¿Cuántas?
How many?

人（複數）
personas
people

您的 / 他的
su
your / his / her

抵達餐廳
al llegar al restaurante

您好。我有預約。
Hola, tengo hecha una reserva.
Hi, I have a reservation.

以哪位的大名？
¿A nombre de quién?
Your name, please?

莉莉楊。
Lily Yang.
Lily Yang.

請等一下。
Un momento, por favor.
One moment, please.

靠窗邊的雙人座可以嗎？
¿Está bien esa mesa para dos junto a la ventana?
Is the table for two by the window okay?

很好。 / 好的。
Muy bien. / Vale.
Very good. / Ok.

謝謝。
Gracias.
Thank you.

請跟我過來，往這邊走。（複數 / 單數）
Síganme (Sígame), por favor.
Follow me, please.

點餐

pedir comida

您好，我們共兩位。
Hola. Somos dos.
Hello. Table for two.

有英文的菜單嗎？
¿Tiene una carta en inglés?
Do you have a menu in English?

有西班牙小菜嗎？
¿Tienen tapas?
Are there tapas?

這道菜裡面有什麼？
¿En qué consiste este plato?
What's in this dish?

有今日套餐嗎？
¿Tiene el menú del día?
Is there a set menu for the day?

您想要什麼？
¿Qué quería?
What would you like to have?

麻煩來一份火腿潛艇堡。
Un bocadillo de jamón, por favor.
A baguette with ham.

您想喝什麼？
¿Qué desea para beber?
What would you like to drink?

一杯柳橙汁。
Un zumo de naranja.
Orange juice.

現榨還是瓶裝？
¿Natural o embotellado?
Freshly-squeezed or from a bottle?

可以更改我剛點的餐嗎？
¿Puedo cambiar lo que he pedido?
Can I change my order?

特別說明

■ **西班牙小菜（tapas）**

對西班牙人來說，西班牙小菜（tapas）可說是晚餐前的開胃點心，但其實也可以當成晚餐來吃。Tapas有熱食也有冷食，從冷盤如火腿和乳酪，到精心烹調的熱食如海鮮或蔬菜，種類繁多。到西班牙時，別忘了多點幾盤tapas來嚐嚐看喔。

■ **西班牙潛艇堡（bocadillo）**

說到西班牙著名的小吃，那一定不能錯過bocadillo，也就是西班牙式的潛艇堡，以法國麵包夾不同的食材，價格便宜份量又大，可當點心也可當簡便的午餐。

實用字彙

要求／點（餐） **pedir** to ask / order	喝 **beber** to drink	果汁 **zumo** juice
柳橙 **naranja** orange	自然的／現榨的／室溫的 **natural** freshly-squeezed	瓶裝的 **embotellado** from a bottle

今日套餐
el menú del día

請問有套餐嗎？
Por favor, ¿tiene el menú?
Excuse me, do you have set meals?

您第一道（菜）要什麼？
¿Qué quiere de primero?
What would you like for the first course?

第一道菜有哪幾種可選？
¿Qué hay de primer plato?
What choices are there for the first course?

第一道我要蔬菜濃湯。
De primero, querría crema de verduras.
I'll have vegetable cream soup for the first course.

第二道有哪幾種可選？
¿Qué hay de segundo?
What choices are there for the second course?

您第二道（菜）要什麼？
¿Qué quiere de segundo?
What would you like for the second course?

飲料（要喝什麼）呢？
¿Y para beber?
What drink would you like?

您甜點想吃什麼？
¿Qué desea de postre?
What would you like for dessert?

您要咖啡嗎？
¿Quiere tomar café?
Would you like some coffee?

甜點有什麼？
¿Qué hay de postre?
What do you have for dessert?

我們有水果、烤布丁、冰淇淋。
Tenemos fruta, flan, o helado.
We have fruits, flan (custard), and ice cream.

特別說明

- 西班牙最重要的一餐是午餐。餐廳通常週一到週六的午餐時間會提供「今日套餐」（el menú del día），或簡稱 el menú（套餐）。注意，這個字和英文的「菜單」（menu）拼法一樣，但意思不同。西班牙文的菜單是 la carta。
- 西班牙餐廳的「今日套餐」通常包含兩道菜（可從幾種不同菜色中各選一道）、飲料、麵包、咖啡或甜點，價格比單點或是晚餐來得便宜。因此，到西班牙旅遊，享用不同的 menú del día 是嘗試道地美食非常經濟的方式。餐廳通常會將 menú del día 的菜色和價格寫在門口的黑板上。

實用字彙

第一 **primero** first	第一道菜 **el primer plato** first dish	菜／盤子 **plato** dish / plate
濃湯／奶油 **crema** cream	飯後甜點 **postre** dessert	水果 **fruta** fruit

實用句型：點菜時常用句型

1. Querría（我想要）＋份數（若只有一份則可不加份數）＋餐點名
   Quería una ensalada.
   我要一份沙拉。

2. Por favor（麻煩、請）＋份數＋餐點名
   Por favor, una ensalada.
   麻煩一份沙拉。

菜色種類
tipos de comida y bebidas

開胃菜 **aperitivos** appetizers	炒蛋 **huevos revueltos** scrambled eggs	麵包 **pan** bread	冷飲 **refresco** soft drink
肉 **carne** meat	湯 **sopa** soup	義大利麵 **pasta** pasta	咖啡 **café** coffee
魚 **pescado** fish	濃湯 / 奶油 **crema** cream	餐後甜點 **postre** dessert	茶 **té** tea
蔬菜 **verduras** vegetables	沙拉 **ensalada** salad	雞湯 / 清湯 **consomé** broth	海鮮 **marisco** seafood
飲料 **bebida** drink	水 **agua** water	葡萄酒 **vino** wine	啤酒 **cerveza** beer

早餐小餐點 para desayuno

烤土司 **tostada** toast	奶油（搭配土司） **mantequilla** butter
西班牙油條（可搭配熱巧克力） **churros** churros / fritters	果醬 **mermelada** jam

牛角麵包
cruasán / croissant
croissant

麵包
pan
bread

甜麵包（近似包有甜餡的台式麵包）
bollo
sweet bun / filled bun

註 「甜麵包」（bollo）這個字和「雞肉」（pollo）很像，要分辨清楚喔！

蔬菜類 verduras

扁豆
lentejas
lentils

萵苣
lechuga
lettuce

番茄
tomate
tomato

洋蔥
cebolla
onion

胡蘿蔔
zanahoria
carrot

菠菜
espinacas
spinach

菜豆
judías
string beans

豆子
habas
broad beans

雞豆（埃及豆）
garbanzos
chickpeas

蘑菇
champiñón
mushroom

茄子
berenjena
eggplant

蒜頭
ajo
garlic

蘆筍
espárragos
asparagus

椒
pimiento
pepper

黃瓜
pepino
cucumber

櫛瓜
calabacín
zucchini

水果類 frutas

蘋果 **manzana** apple	水蜜桃 **melocotón** peach	西瓜 **sandía** water melon	哈密瓜 / 香瓜 **melón** melon
柳橙 **naranja** orange	橘子 **mandarina** tangerine	葡萄 **uva** grape	香蕉 **plátano** banana
葡萄柚 **pomelo** grapefruit	草莓 **fresa** strawberry	櫻桃 **cereza** cherry	梅 **ciruela** plum

小菜 / 前菜類 aperitivos / raciones / tapas

油炸雞捲 / 鮪魚捲 / 火腿捲 **croqueta** croquette	俄式沙拉 （馬鈴薯、胡蘿蔔、火腿等切丁拌鮪魚及美乃滋） **ensaladilla rusa** Russian salad (diced vegetable salad)
蛤蠣 **almejas** clams	炸薯塊加上辣味番茄醬及蒜味美乃滋 **patatas bravas (papas bravas)** fried potato with hot sauce
鯷魚 **anchoa / boquerón** anchovy	鹹派（鮪魚、火腿等口味） **empanada** turnover / pie
蒜頭蝦 **gambas al ajo** garlic shrimps	蒜味蘑菇 **champiñones al ajillo** garlic mushrooms

臘腸
chorizo
sausage

伊比利火腿（西班牙頂級火腿）
ibérico
Iberian ham

火腿
jamón
ham

生火腿
jamón serrano
Serrano ham

約克火腿（用在三明治）
jamón york
ham (for sandwich)

乳酪
queso
cheese

生乳酪
queso de Burgos
fresh cheese

生乳酪
queso fresco
fresh cheese

曼恰乾酪（曼恰地方 La Mancha 所產）
queso manchego
Manchego cheese

橄欖
aceitunas / olivas
olives

干貝
mejillones
mussels

蝸牛
caracoles
snails

蝦
gambas
shrimps

湯類 sopas / cremas

加了雪莉酒的雞湯
consomé al jerez
clear soup with Sherry

湯 / 汁
caldo
soup / broth

麵湯（雞湯加些麵條）
sopa de fideos
noodle soup

軋斯得亞那湯
（蒜頭、臘腸、乾麵包等食材熬煮，天冷時用）
sopa castellana
Castillian soup（with garlic, sausage, etc.）

海鮮湯
sopa de mariscos
seafood soup

蒜頭湯（近似 sopa castellana）
sopa de ajo
garlic soup

蔬菜濃湯
crema de verduras
vegatable cream

蔬菜冷湯（西班牙南部夏天道地冷湯）
gazpacho
Spanish cold soup

海鮮濃湯
crema de mariscos
seafood cream

魚／海鮮類 pescados / mariscos

鮪魚
atún
tuna

鱈魚
bacalao
cod

鯷魚
anchoa
anchovies

鯷魚（浸在橄欖油裡）
boquerones
anchovies

鱒魚
trucha
trout

鮭魚
salmón
salmon

魷魚
calamar
squid

章魚
pulpo
octopus

花枝
sepia
cuttlefish

蝦
gamba
shrimp

大蝦
langostino
large shrimp

龍蝦
langosta
lobster

飯類／麵類 arroces / pastas

古巴飯
（白飯加荷包蛋、番茄醬、炸香蕉）
arroz a la cubana
Cuban rice

烤飯
（飯加上臘腸、雞肉在烤箱烤過）
arroz al horno
baked rice

黑飯（墨魚飯）
arroz negro
black rice

瓦倫西亞百雅飯（加雞肉、兔肉）
paella valenciana
Valencian paella

海鮮百雅飯
paella de marisco
seafood paella

蔬菜百雅飯
paella de verduras
vegetable paella

綜合百雅飯（加海鮮、肉類）
paella mixta
mixed paella

麵
tallarines
noodles

通心麵
macarrones
macaroni

義大利麵
espagueti
spaghetti

肉類 carnes

豬肉
carne de cerdo
pork

牛肉
carne de ternera
beef

羊肉
carne de cordero
lamb

牛排
filete
steak / fillet

豬排
chuleta
pork chop

兔 / 兔肉
conejo
rabbit

雞肉
pollo
chicken

火雞 / 火雞肉
pavo
turkey

鴨 / 鴨肉
pato
duck

蛋類 huevos

馬鈴薯煎蛋 / 西班牙煎蛋
tortilla de patatas / tortilla española
potato omelette / Spanish omelette

法式煎蛋
tortilla francesa
French omelette

菠菜炒蛋
revuelto de espinacas
scarmbled eggs with spinach

菇類炒蛋
revuelto de setas
scrambled eggs with mushrooms

荷包蛋
huevo frito
fried egg

煮蛋包鮪魚餡
huevos rellenos
filled eggs (with tuna)

甜點類 postres

蛋糕
tarta
cake

巧克力蛋糕
tarta de chocolate
chocolate cake

乳酪蛋糕
tarta de queso
cheesecake

蘋果蛋糕 / 蘋果派
tarta de manzana
apple pie

香草布丁泥
crema de vainilla
vanilla cream

巧克力布丁泥
crema de chocolate
chocolate cream

加泰隆尼亞布丁泥（加上香草及肉桂粉）
crema catalana
Catalonian cream

牛奶米布丁
arroz con leche
rice pudding

冰淇淋
helado
ice cream

草莓冰淇淋
helado de fresa
strawberry ice cream

巧克力冰淇淋
helado de chocolate
chocolate ice cream

香草冰淇淋
helado de vainilla
vanilla ice cream

烤布丁
flan
creme brulee

優格
yogurt
yogurt

麵包布丁
pudin
pudding

小糕點 / 甜派
pastel
pastry

蛋白酥
merengue
meringue

✈飲料類 bebidas

用餐時，飲料類先點，如水、酒類、果汁、氣泡飲料等。但是茶和咖啡是餐後才點。餐廳服務生通常會在顧客用完正餐後，才詢問要用哪一種甜點或水果、茶或咖啡。

一般的餐廳不會主動提供白開水。如果想喝水必須點一瓶水，那是礦泉水，必須付費。如果想喝水而不想付錢買礦泉水，可以向店家要一杯自來水（un vaso de agua de grifo）。很少顧客會這樣要求，不過店家還是會配合。

一杯（水杯）
un vaso
a glass

水
agua
water

自來水（可生飲）
agua de grifo
tap water

氣泡水
agua con gas
sparkling water

無氣泡礦泉水
agua sin gas
uncarbonated water

可口可樂
Coca Cola
Coke

柳橙汁
zumo de naranja
orange juice

蘋果汁
zumo de manzana
apple juice

水蜜桃汁
zumo de melocotón
peach juice

現榨果汁
zumo natural
fresh-squeezed juice

現榨柳橙汁
zumo natural de naranja
fresh-squeezed orange juice

冰沙
granizado
slush

檸檬冰沙
granizado de limón
lemon slush

柳橙冰沙
granizado de naranja
orange slush

奶昔
batido
milkshake

西班牙豆漿（chufa 是瓦倫西亞特產的豆類）
horchata de chufas
tiger nut milk drink

啤酒
cerveza
beer

葡萄酒
vino
wine

紅酒
vino tinto
red wine

白酒
vino blanco
white wine

玫瑰紅酒
vino rosado
rosé

水果紅酒
sangría
sangria

餐廳招牌酒 /
沒有品牌
vino de la casa
house wine

一壺（酒）
una jarra
a jar

一杯（酒杯）
una copa
a glass（of wine）

兩杯（酒）
dos copas
two glasses

半瓶（酒）
media botella
half a bottle

一瓶（酒）
una botella
a bottle

咖啡
café
coffee

茶
té
tea

紅茶
té negro
black tea

綠茶
té verde
green tea

花草茶（無咖啡因）
infusión
herbal tea

薄荷茶（無咖啡因）
menta
mint tea

洋甘菊茶（無咖啡因）
manzanilla
chamomile tea

一杯茶
una taza de té
a cup of tea

加檸檬
con limón
with lemon

加冰塊
con hielo
with ice

去冰
sin hielo
without ice

加糖
con azúcar
with sugar

我不吃肉但是吃魚。
No como carne, pero como pescado.
I don't eat meat but I eat fish.

我不能吃蛋。
No puedo tomar huevos.
I can't eat eggs.

有蔬菜百雅飯嗎？
¿Hay paella de verduras?
Do you have paella made with vegetables?

實用字彙

我不吃 **no como** I don't eat	我吃 **como** I eat	可是 **pero** but
有～ **hay ...** there is / are ...	蛋 **huevos** eggs	西班牙百雅飯 **paella** paella
不加鹽 **sin sal** no salt	少鹽 **con poca sal** with less salt	橄欖油 **aceite de oliva** olive oil

付款
al pagar

麻煩，帳單。
La cuenta, por favor.
The check, please.

可以麻煩您給我帳單嗎？
¿Me puede dar la cuenta, por favor?
Could you give me the check, please?

好的，馬上來。
Muy bien, enseguida.
Good. I'll be right back.

好的，我馬上回來。
Vale, ahora vuelvo.
Good. I'll be right back.

共10歐元。
Son diez euros.
The total is 10 Euros.

謝謝。
Gracias.
Thank you.

特別說明

- 到餐廳用餐通常需要支付小費，除非帳單上標明servicio incluído（含服務費），則可不用另外支付。小費的金額沒有一定標準，約依消費額的10%上下即可，可在服務生找錢後，將小費留在找錢的盤子裡。如果只是在咖啡館喝咖啡，消費金額不高，也可以只留零錢當小費。

請客
invitar a comer / cenar

星期六一起用午餐好嗎？
¿Quedamos para comer el sábado?
Let's get together for lunch on Saturday.

我請你。
Te invito.
Let me treat you.

我請你。（受邀者為男性 / 女性）
Estás invitado. / Estás invitada.
You're invited.

謝謝。
Muchas gracias.
Thank you very much.

對不起，可是星期六我有事。
Lo siento, tengo cosas que hacer el sábado.
I'm sorry, but I have other plans on Saturday.

星期天你有時間嗎？
¿Estás libre el domingo?
Are you free on Sunday?

我們約2點在我家見。
Quedamos a las dos en mi casa.
Let's meet at 2 o'clock in my house.

我為你做百雅飯。
Te voy a hacer una paella.
I'll make a paella for you.

全都好吃極了。
Está buenísimo todo.
It's all very tasty.

這餐好吃極了。
Está buenísima la comida.
The food is very tasty.

這是給你的。
Es para ti.
This is for you.

巧克力糖！真是客氣！
¡Bombones de chocolate! ¡Qué detalle!
Chocolate! How nice of you!

你真客氣！
¡Qué amable!
How nice of you!

我該做（幫）什麼？
¿Qué hago?
What should I do?

什麼也不用。謝謝。
Nada. Gracias.
Nothing. Thank you.

你可以排餐具。
Puedes poner la mesa.
You can set the table.

特別說明

- 西班牙人十分好客，即使初認識的朋友，也可能熱情邀請到家中或餐廳共進午餐、晚餐，尤其是對外國朋友，常會熱心宴客，介紹當地的美食。因此，宴客相關用語也很實用。如果對方只是邀請一起到餐廳用餐，但沒說要請客，則是各自付帳。如果對方說要請客，則可以大方接受，下一次再回請對方就不會失禮了。到朋友家做客，則可以帶一瓶酒、一盒巧克力或其他禮物表達謝意。

實用字彙

我們相約
quedamos
we plan to meet

你（受格）
te
you

我邀請
invito
I'll treat

被邀請的（男性）
invitado (m.)
invited (m.)

被邀請的（女性）
invitada (f.)
invited (f.)

我的
mi
my

家 / 房子
la casa
the house

我要～
voy a ...
I'm going to ...

做
hacer
make

非常好 / 最好
buenísimo (m.)
very good (m.)

全部
todo
all

非常好 / 最好
buenísima (f.)
very good (f.)

外帶

para llevar

這邊用還是外帶？

¿Para tomar aquí o para llevar?

For here or to go?

外帶。

Es para llevar.

To go.

麻煩外帶一個起司潛艇堡。

Por favor, un bocadillo de queso para llevar.

Excuse me, a cheese sandwich to go.

特別說明

- 西班牙人不習慣將在餐廳沒吃完的食物打包帶走。為了入境隨俗，吃多少、點多少，儘量將桌上的食物吃完。如果真的吃不完就留在桌上，不要打包。
- 大多數餐廳都可以外帶餐點，只要在點菜時說明要外帶，服務生就會依要求將餐點包好。
- 另外，西班牙有一種店專門賣外帶的家常菜，便宜又好吃、道地。這種店的招牌就寫著「外帶的食物」（comida para llevar），通常只有中午營業，也就是約下午1:30～4:00之間，賣完為止。這樣的店通常也賣烤雞，招牌上會寫著「烤雞」（pollo asado）。
- 速食店的櫃檯有時分為兩區：外帶（para llevar）和內用（para tomar aquí）區。

超市
supermercado

請給我兩個水蜜桃好嗎？
Por favor, ¿me da dos melocotones?
Excuse me, could you give me two peaches?

我要到超市買些東西。
Voy a hacer compras en el supermercado.
I'm going shopping at the supermarket.

特別說明

- 旅行中，到超市買食物、用品，不但經濟實惠，也可以了解當地的飲食生活文化。西班牙的水果新鮮又好吃，特別是水蜜桃、葡萄、草莓、櫻桃和蘋果。到了超市，記得買些水果，不過要記住，在西班牙不能直接以手挑水果，也就是不能把水果拿起來又放回去，必須用超市裡的塑膠袋將看中的水果裝進袋裡，再放到秤上秤價錢、貼標籤。有些超市的水果部有專人服務，那就要領號碼牌，依序請專人服務。

實用字彙

我（受格）
me
me

您給
da
give

傳統市場
mercado

有番紅花嗎？
¿Tiene azafrán?
Do you have saffron?

有的，我們有曼恰地方最好的番紅花。
Sí. Tenemos el mejor azafrán de la Mancha.
Yes. We have the best saffron from La Mancha.

麻煩200公克杏仁。
Por favor, doscientos gramos de almendras.
Excuse me, two hundred grams of almonds.

麻煩100公克松子。
Por favor, cien gramos de piñones.
Excuse me, a hundred grams of pine nuts.

有煮百雅飯的平底鍋嗎？
¿Tiene una paellera?
Do you have the paella pan?

特別說明

- 逛逛西班牙的傳統市場也是很有趣。傳統市場就像台灣的市場一樣，一個個攤位賣不一樣的食材：水果、蔬菜、乾貨、五金等等。如果想買道地的番紅花（用在百雅飯）、百雅飯的專用平底鍋、乾果等，雖然百貨公司的超市裡也買得到，但傳統市場的價格可能比較便宜。有些城市的傳統市場年代久遠，建築本身就是值得參觀的古蹟。
- 原本 la paella 的意思是「煮百雅飯的平底鍋」，源自瓦倫西亞語（el valenciano）。但是現在的西班牙文中，la paella 指的是「百雅飯」，la paellera 指的是「煮百雅飯的平底鍋」。

實用字彙

番紅花（用於烹煮西班牙百雅飯，會使飯色呈橘黃色）
azafrán
saffron

西班牙的曼恰地方（生產番紅花，也是《唐吉訶德》故事發生地）
La Mancha
La Mancha

最好的	公克	杏仁	公斤
mejor	**gramo**	**almendra**	**kilo**
best	gram	almond	kilo (kilogram)
松子	煮百雅飯的平底鍋	百雅飯	檸檬
piñón	**paellera**	**paella**	**limón**
pinenut	paella pan	paella	lemon

速食
comida rápida

麻煩二號餐。
Por favor, el menú número dos.
Excuse me, a number 2 set meal.

您要喝什麼飲料？
¿Qué quiere para beber?
What would you like to drink?

您要什麼飲料？
¿Qué bebida quiere?
What drink would you like?

低卡可口可樂。
Coca Cola light.
Coca-cola Light.

套餐附著條嗎？
¿Viene este plato con patatas fritas?
Does the set meal come with fries?

我需要等多久？
¿Cuánto tiempo tengo que esperar?
How long do I have to wait?

特別說明

- 趕時間或想簡單用餐、外帶時，就可以考慮速食。西班牙的速食店除了美式速食如麥當勞、漢堡王、必勝客披薩等店之外，還有西班牙本地特有的速食連鎖店，以及一般咖啡店或餐廳提供的小菜及三明治、潛艇堡等。西班牙的速食並不等於高熱量、高糖分的食物。許多店裡也提供健康營養的餐點。只要點菜時注意一下，也可以在速食店吃得很健康。

- 西班牙著名的連鎖速食店：

1. Pans & Co.
讀做 Pans y Company，有各式各樣的潛艇堡及沙拉，地中海飲食風味，十分新鮮、健康，不像一般速食那般油膩。同時也提供早餐及咖啡。

2. Bocatta
也是著名連鎖店，提供各式潛艇堡。Bocatta 是店名，也可當作「潛艇堡」用，等同於 bocadillo。

咖啡
café

我們來喝咖啡。
Vamos a tomar café.
Let's have some coffee.

附近有家咖啡廳。
Hay una cafetería cerca de aquí.
There's a coffee shop near here.

我要一杯黑咖啡。
Querría un café solo.
I'd like a black coffee.

我要一杯牛奶咖啡。
Querría un café con leche.
I'd like a coffee with milk.

我要一杯牛奶咖啡加冰塊。
Querría un café con leche y con hielo.
I'd like a coffee with milk and ice.

我要一杯煉乳咖啡。
Querría un café con leche condensada.
I'd like a coffee with condensed milk.

特別說明

- 西班牙人在用完餐後習慣喝杯咖啡及吃些甜點。西班牙的咖啡都是濃縮咖啡（如義式的espresso），所以黑咖啡是小杯的濃縮咖啡，牛奶咖啡則是濃縮咖啡加牛奶（近似拿鐵），小杯的cortado 則是濃縮咖啡加上少許的牛奶。因為這樣的咖啡濃，西班牙人雖然一天可能喝上好幾杯，但是不會連著「續杯」。

- 西班牙的咖啡館到處可見，無論是比較大的cafetería 或是小間的bar，整天都供應咖啡，每家的品質一致，但花樣不像台灣的咖啡種類這麼多。通常就是上述的三種咖啡，或是低咖啡因的咖啡。如果要喝冰的，就要點同樣的咖啡加冰塊。有人喜歡在咖啡中加一點像威士忌這樣的烈酒。
- 在西班牙約人喝咖啡是很隨性輕鬆的社交活動，可能在課間或是工作休息的時候，和同學、同事相約喝咖啡。不喝咖啡的人，也會相邀「喝咖啡」，但是點其他的飲料，如可樂、果汁、礦泉水等。

實用字彙

黑咖啡（濃縮咖啡）
café solo
black coffee (espresso)

奶
leche
milk

鄰近～
cerca de ...
near ...

這裡
aquí
here

我要～
quería ...
I'd like ...

和 / 加上～
con ...
with ...

咖啡加一點牛奶
café cortado
espresso with a splash of milk

牛奶咖啡（近似拿鐵）
café con leche
espresso with milk

低咖啡因（咖啡）
descafeinado
decaffeinated

牛奶咖啡、咖啡多一點
café con leche largo de café
espresso with milk, more coffee

牛奶咖啡、咖啡少一點
café con leche corto de café
espresso with milk, less coffee

煉乳咖啡
café con leche condensada
espresso with condensed milk

第5章

觀光

turismo

tourism

西班牙處處是美景，
每個角落都適合印在明信片上似的。
準備好你的相機，
來為這趟旅程多留一些回憶吧！

常用例句
frases útiles

幾點開門？
¿A qué hora abren?
What time does it open?

幾點關門？
¿A qué hora cierran?
What time does it close?

每天都開放嗎？
¿Abren todos los días?
Does it open daily?

免費入場（參觀）嗎？
¿Es gratis la entrada?
Is it free to enter?

我可以拍照嗎？
¿Puedo hacer fotos?
Can I take photos?

我可以用閃光燈嗎？
¿Puedo usar el flash?
Can I use a flash?

學生有優待嗎？
¿Hay descuento para estudiantes?
Is there a discount for students?

65歲以上的長者有優待嗎？
¿Hay descuento para mayores de sesenta y cinco años?
Is there a discount for senior citizens 65 years and over?

行動不便者有優待嗎？
¿Hay descuento para personas con discapacidad?
Is there a discount for the handicapped?

洗手間在哪裡？
¿Dónde están los servicios?
Where is the restroom?

這裡有咖啡廳（餐廳）嗎？
¿Hay cafetería aquí?
Is there a cafeteria here?

有禮品店嗎？
¿Hay tienda de regalos?
Do you have a gift shop?

實用字彙

成人
adulto
adult

小孩（男孩 / 女孩）
niño / niña
child

入口
entrada
entrance

出口
salida
exit

禁止進入
prohibida la entrada
entry prohibited

禁止進入
no entrar
no entry

禁止吸菸
prohibido fumar
smoking prohibited

禁止吸菸
no fumar
no smoking

禁止觸摸
no tocar
do not touch

禁止照相
prohibido tomar fotos
photos prohibited

禁止照相
no fotos
no photos

禁止使用閃光燈
prohibido utilizar el flash
flash prohibited

免費入場參觀
entrada gratis
free entry

專人導覽
visita guiada
guided tour

禁止閃光燈
no flash
no flash

書店
librería
bookstore

店
tienda
shop

紀念品店
tienda de recuerdos
souvenir shop

實用句型：～有優惠嗎？

～有優惠嗎？
¿Hay descuento para ...?
Is there a discount for ...?

實用字彙

學生 **estudiantes** students	團體 **grupos** groups	年長者 **tercera edad** senior citizens

實用句型：這個～叫什麼？

這個～叫什麼？
¿Cómo se llama ...?
What is the name of ...?

實用字彙

大樓 **el edificio** the building	教堂 **la iglesia** the church	河 **el río** the river	橋 **el puente** the bridge
城堡 **el castillo** the castle	公園 **el parque** the park	花園 **el jardín** the garden	市場 **el mercado** the market

方向
dirección

到聖家堂要怎麼走呢？
¿Cómo puedo llegar a la Sagrada Familia?
How do I get to the Holy Family?

聖米格市場是這個方向嗎？
¿Es por esta dirección el Mercado San Miguel?
Is this the right direction for San Miguel Market?

皇宮在哪裡？
¿Dónde está el Palacio Real?
Where is the Royal Palace?

還要很久才到嗎？
¿Se tarda mucho en llegar?
Is it still a long way to go?

實用句型：您知道～怎麼去嗎？

您知道～怎麼去嗎？
Por favor, ¿Cómo se va al / a la ...?
Do you know how to get to ...?

■ **文法解析**

1. 如果地點是陽性名詞，則介係詞a 與陽性冠詞el 合併為al。
例如：¿Cómo se va al castillo? (a + el castillo)

2. 如果地點是陰性名詞，則維持a + la 不變。
例如：¿Cómo se va a la catedral?

實用字彙

大教堂 **la catedral** cathedral	教堂 **la iglesia** church	城堡 **al castillo** castle
博物館 / 美術館 **al museo** museum	藝術中心 **al centro de arte** art center	宮殿 **al palacio** palace
皇宮 **al Palacio Real** royal palace	科學館 **al Museo de la Ciencia** science museum	
圖書館 **la biblioteca** library	音樂廳 **al palacio de la música** concert hall	
劇院 **al teatro** theatre	植物園 **al jardín botánico** botanical	
動物園 **al zoo** zoo	水族館 **al aquarium** aquarium	花園 **al jardín** garden
公園 **al parque** park	廣場 **la plaza** square	鄉下 **al campo** countryside

問路
preguntando por direcciones

我迷路了。（說話者為男性 / 女性）
Estoy perdido. / Estoy perdida.
I'm lost.（male / female）

～在哪裡？
¿Dónde está ...?
Is there a ... nearby?

這附近有一間～嗎？（陽性 / 陰性）
¿Hay algún / alguna ... cerca de aquí?
Is there a ... nearby?

在～前面 / 在～後面
enfrente de ... / detrás de ...
in front of ... / in back of ...

在～旁邊
al lado de ... / junto a ...
beside ... / next to ...

請跟我來。
Sígame, por favor.
Please follow me.

實用字彙

直走 **todo recto / derecho** Go straight.	第一條街 **la primera calle** the first street	第二條街 **la segunda calle** the second street
號誌 / 紅綠燈 **el semáforo** traffic light	平行的那條街 **la calle paralela** the parallel street	轉 **girar** turn
迴轉 / 繞一圈 **dar la vuelta** turn around	這條街 **esta calle** this street	圓環 **la glorieta** roundabout
建築物 **el edificio** building	一條寬的街道 **una calle ancha** a wide street	一條窄的街道 **una calle estrecha** a narrow street
右邊 **la derecha** right	左邊 **la izquierda** left	北方 **el norte** north
南方 **el sur** south	西方 **el oeste** west	東方 **el este** east

來參加當地的旅行團吧！

旅遊團的導遊會詳細介紹每個景點的歷史背景及故事，讓行程內容豐富而有收穫。

■ **參加當地旅行團的好處：**

(1) 通常導遊會視遊客的國籍以不同的語言介紹講解。參加的遊客多半為西班牙及其他歐美人士，少數為亞洲人士。例如成員若有西班牙人、法國人、義大利人、日本人、台灣人，導遊會先以西班牙文講解，再以英文、法文、義大利文將同樣的內容各講解一次。當地旅遊團以中文或日文介紹景點的情況還未見過。

(2) 參加旅遊團可以到一些城市附近的小鎮或古蹟參觀。這些地方通常必須自己開車才方便到達，若是搭乘公車或火車則受限於班次，時間的利用上，參加旅遊團較為經濟，價格也合理。

(3) 如果是一日的旅遊行程，午餐可以享用道地的當地美食，更能體驗西班牙風情，增添旅行的回憶。

■ **在首都馬德里可能有以下幾種不同行程：**

(1) 城市的景點旅遊（tour por la ciudad），半日或一日行程，走訪名勝古蹟、美術館、皇宮等。

(2) 馬德里附近重要觀光城鎮的短程旅遊（excursión），半日或一日行程。半日可參觀一個景點，一日可參觀兩個不同的城鎮。例如：托雷多（Toledo）、埃斯可里爾（El Escorial）、阿蘭輝（Aranjuez）、賽哥維亞（Segovia）、阿比拉（Ávila）等地。

旅行團的種類

- 短程的一日或半日旅遊 **la excursión**
- 旅行（較長程的）**el viaje**
- 城市旅遊
  el tour por la ciudad
- 一日的短程旅遊
  la excursión de un día
- 半日的短程旅遊
  la excursión de medio día

當地旅行團
tour

有到托雷多的短程旅遊團嗎？
¿Hay excursiones a Toledo?
Are there excursions to Toledo?

有的。是一天的行程。
Sí, hay excursiones de un día.
Yes, there are one-day excursions.

巴士早上8點從旅館出發。
Sale el autobús a las ocho de la mañana desde el hotel.
The bus leaves at eight in the morning from the hotel.

您們會在道地的卡斯底亞餐廳用午餐。
Comerán en un restaurante típico castellano.
You will have lunch at a typical Castillian restaurant.

我們下午幾點回到旅館？
¿A qué hora volveremos al hotel?
What time will we return to the hotel?

下午7點。
A las siete de la tarde.
At seven in the afternoon.

價格如何？
¿Cuál es el precio?
What is the price?

每人50歐元。
Cincuenta euros por persona.
50 Euros per person.

特別說明

- 到了著名的觀光城市，除了可以自己依循旅客中心提供的資訊、地圖，或是搭乘觀光巴士到各景點旅遊之外，也可以考慮參加當地的旅遊團。這種旅遊團通常提供安排一日或半日的行程，除了城市裡的觀光景點外，也有到附近小鎮或郊外的行程。星級飯店的櫃檯通常有代訂旅遊行程的服務，旅遊專車會到飯店接送遊客。如果不是住在星級飯店，也可以到當地的旅行社詢問相關資訊、報名參加。專車除了在飯店接送遊客外，也會有其他上下車地點接送遊客。

實用字彙

幾點？
¿A qué hora?
At what time?

道地的 / 典型的
típico
typical

價格
precio
price

旅客中心
oficina de turismo

旅客中心在哪裡？
¿Dónde está la oficina de turismo?
Where is the tourist information office?

有城市的地圖嗎？
¿Tiene mapa de la ciudad?
Do you have a map of the city?

有活動的節目表嗎？
¿Tienen algún calendario de eventos?
Do you have a schedule of events?

您要西班牙文的還是英文的？
¿Lo quiere en español o en inglés?
Would you like it in Spanish or English?

特別說明

- 西班牙的各個小城鎮都有一個「旅客中心」，提供遊客地圖、景點介紹的小冊子、城鎮上近期活動及表演資訊、當地旅館及交通資訊，以及回答各種旅遊相關問題。旅客中心是當地政府的公家機構，開放時間會標示在中心的門上，非上班時間是關閉的。有些地方的公車或火車站也設有旅客中心，提供旅遊諮詢服務。旅客中心的工作人員通常會說英文，同時會提供英文版的景點介紹冊子給外國遊客。到了一個城鎮，先到旅客中心索取資訊，可以節省許多時間及精力。

實用字彙

辦公室 **oficina** office	觀光 **turismo** tourism	地圖 **mapa** map
城市 **ciudad** city	月曆／日曆／活動節目表 **calendario** calendar	事件（活動、表演等） **evento** event

表演
espectáculo

有表演的節目單嗎？
¿Hay un programa de espectáculos?
Is there a program of performances?

有佛朗明哥表演嗎？
¿Hay espectáculos de flamenco?
Are there flamenco performances?

實用字彙

影片 **película** film	舞蹈 **danza** dance	戲劇 **teatro** theatre
演唱會 / 音樂會 **concierto** concert	歌劇 **ópera** opera	芭蕾舞 **ballet** ballet

購票
comprar la entrada

是在這裡排隊嗎？
¿Es esta la fila?
Is this the line?

我要兩張今晚（表演）的入場券。
Querría dos entradas para esta noche.
I'd like two tickets for tonight (tonight's performance).

我要兩張明天（表演）的入場券。
Querría dos entradas para mañana.
I'd like two tickets for tomorrow (tomorrow's performances).

我要兩張8 月7 日（表演）的入場券。

Querría dos entradas para el día siete de agosto.

I'd like two tickets for August 7th (August 7th's performance).

今晚哪兩隊比賽？

¿Qué equipos juegan esta noche?

Which teams play tonight?

我可以看一下座位圖嗎？

¿Podría ver el plano de localidades?

May I take a look at the seating chart?

我比較喜歡中間的位子。

Prefiero asientos centrales.

I prefer seats in the middle.

實用字彙

球賽 / 比賽
partido
game (sports)

足球賽
partido de fútbol
soccer game

入場券 / 門票
entrada
ticket

球隊
equipo
team

打球 / 玩
jugar
play

球員
jugador
player

實用句型：我比較喜歡～的座位

我比較喜歡～的座位。
Prefiero asientos en ...
I prefer seats in ...

實用字彙

一樓
la platea / el patio de butacas
the orchestra

二樓以上
la galería
the balcony

包廂
el palco
the box

洗手間
los servicios / los aseos / los lavabos

請問洗手間在哪裡？
Por favor, ¿dónde están los servicios?
Excuse me, where is the restroom?

洗手間在哪裡？
¿Dónde están los lavabos?
Where is the restroom?

註 西班牙洗手間的標示通常為servicios, aseos 或baños。

1. 「女士」的標示可能為
señoras / mujeres / damas

2. 「男士」的標示可能為
señores / hombres / caballeros

教堂
iglesia

主教堂在哪裡？
¿Dónde está la catedral?
Where is the cathedral?

這座教堂的建築風格是什麼？
¿Cuál es el estilo arquitectónico de esta iglesia?
What is the architectural style of this church?

特別說明

- 西班牙是天主教國家，教堂是每個城鎮最重要的建築，因此也是主要的觀光景點之一。每個城鎮都有主教堂（catedral）以及其他許多教堂（iglesia）或聖堂（basílica）。教堂裡不但收藏許多著名畫家的畫作，本身也具有各時代的建築風格意義，同時從當地的宗教節慶、慶典習俗也更能了解當地的文化。

實用字彙

風格
estilo
style

建築的
arquitectónico
architectural

建築
arquitectura
architecture

博物館
museo

馬德里最著名的博物館 / 美術館有哪些？
¿Cuáles son los museos más famosos de Madrid?
What are the most famous museums in Madrid?

當代美術館在哪裡？
¿Dónde está el Museo de Arte Contemporáneo?
Where is the Museum of Contemporary Art?

可以請您幫我在館前拍照嗎？
¿Me puede hacer una foto delante del museo?
Could you take a picture of me in front of the museum?

註 西班牙有許多種博物館、美術館，都用museo這個字。

實用字彙

美術館
Museo de Bellas Artes
Museum of Fine Arts

當代美術館
Museo de Arte Contemporáneo
Museum of Contemporary Art

最著名的
más famoso
the most famous

在～前面
delante de ...
in front of ...

歷史古區
centro histórico

我想參觀城市的歷史古區。
Querría visitar el centro histórico de la ciudad.
I'd like to visit the historical center of the city.

附近有旅客中心嗎？
¿Hay alguna oficina de turismo cerca de aquí?
Is there a tourist information center nearby?

可以給我一張城市的地圖嗎？
¿Podría darme un mapa de la ciudad?
Could you give me a city map?

可以爬到高塔上嗎？有電梯嗎？
¿Se puede subir a la torre? ¿Hay ascensor?
Can I / we go up to the tower? Is there an elevator?

特別說明

- 西班牙的城鎮多留有歷史古城，在古城外圍才是新建的住宅及商業區。古城裡的古蹟及樓房常常維修，以保持原來的風貌。歷史古城裡常有值得參觀的景點，例如教堂、博物館、古城牆、主廣場、舊市場等，且會有許多販賣紀念品的小店、旅客中心提供資訊。古城通常範圍不大，只要有地圖，就能以步行參觀各景點。

主廣場
Plaza Mayor

主廣場裡有紀念品店嗎？
¿Hay tiendas de recuerdos en la Plaza Mayor?
Are there souvenir shops in the main square?

我們到主廣場喝杯咖啡。
Vamos a tomar un café en la Plaza Mayor.
Let's have a cup of coffee in the main square.

實用句型：讓我們～

讓我們～
Vamos a ...
Let's ...

實用字彙

休息一下
descansar un poco
take a break

坐一下
sentarnos un rato
sit for a while

喝杯咖啡
tomar un café
have a cup of coffee

合照
sacar una foto juntos
take a photo together

實用句型：我可以～嗎？

我可以～嗎？
¿Puedo ...?
Can I ...?

■ **文法解析**

問句¿Puedo ...?（我可以～嗎？）接動詞原型，如以下所列的常用動詞：

實用字彙

拍照 **hacer fotos** take photos	用閃光燈 **usar el flash** use a flash	進入 **entrar** enter
離開 **salir** leave	回來 **volver** return	通過／進入 **pasar** pass
帶食物 **traer comida** bring food	在這裡吃東西 **comer aquí** eat here	喝東西 **beber** drink

實用句型：這裡有～嗎？

這裡有～嗎？
¿Hay aquí ... ?
Is there ... here?

■ **文法解析**

¿Hay aquí ...?（這裡有～嗎？）後面可以接un（一個，陽性）、una（一個，陰性）、algún（任何一個，陽性）或alguna（任何一個，陰性）再接名詞。例如：¿Hay aquí alguna tienda de regalos?（這裡有任何一家禮品店嗎？）

實用字彙

禮品店
tienda de regalos
gift shop

專人導覽
visita guiada
guided tour

寄物處
consigna
locker / left-luggage

咖啡廳（餐廳）
cafetería
cafeteria

介紹城市景點及活動的小冊子
guía de la ciudad
city guide

城市的地圖
mapa de la ciudad
city map

西班牙的自治區

自治區形成的歷史

- 1978年12月29日頒布的西班牙憲法將過去中央集權統治改變為地方自治。
- 1978年之前，只有加泰隆尼亞地方（Cataluña）享有某種程度的地方自治權，國土其他部分皆是以省（provincia）為單位。
- 1978年憲法中規定，尊重西班牙各地不同的文化、歷史及語言，西班牙共分為19個「自治區」（comunidad autónoma），其中17個是「自治地方」（región autónoma），2 個是「自治城市」（ciudad autónoma）。
- 憲法中同時規定，西班牙的官方語言為卡斯提亞語（castellano），但是各個自治區可以同時使用其他官方語言。
- 西班牙各地的官方語言還包括加里西亞（Galicia）的加里西亞語（gallego）、加泰隆尼亞（Cataluña）和巴雷亞爾群島（Islas Baleares）的加泰隆尼亞語（catalán）、瓦倫西亞（Valencia）的瓦倫西亞語（valenciano）、巴斯克地方（País Vasco）的巴斯克語（vasco）。

西班牙的自治區

西班牙的19個自治區包括17個自治地方，及位在北非的2個自治城市。

・**自治城市：**

Ciudad Autónoma de Ceuta	瑟烏達
Ciudad Autónoma de Melilla	美利亞

・**自治地方：**

Andalucía	安達魯西亞	Aragón	阿拉貢
Asturias	阿斯圖里亞	slas Baleares	巴雷亞爾群島
Canarias	加納利群島	Cantabria	坎塔布利亞
Castilla-La Mancha	卡斯提亞 - 曼恰	Castilla-León	卡斯提亞 - 雷翁
Cataluña	加泰隆尼亞	Extremadura	艾斯特瑞馬杜拉
Galicia	加里西亞	Comunidad de Madrid	馬德里
Región de Murcia	穆爾西亞	Navarra	納瓦拉
La Rioja	瑞爾哈	Comunidad Valenciana	瓦倫西亞
País Vasco	巴斯克		

自治區地圖

文學簡史

中古時期 Edad Media

- 第5-15世紀或8-15世紀
- 《熙德之歌》（Poema del Cid）

文藝復興時期 Renacimiento

- 16世紀
- 《小癩子》（Lazarillo de Tormes）

巴洛克時期 Barroco

- 黃金時期（Siglo de Oro）：16-17世紀
- 卡德隆・巴爾卡（Calderón de la Barca）、賽萬提斯（Cervantes）、貢果拉（Góngora）

新古典主義時期 Neoclasicismo

- 18世紀
- 薩瑪聶歌（Samaniego）

浪漫主義及現實主義 Romanticismo y realismo

- 19世紀
- 浪漫主義作家包括索利亞（Zorrilla）、貝可爾（Bécquer），現實主義作家包括加爾多士（Galdós）

前衛時期 Vanguardias

- 20世紀（1898世代、1927世代）
- 伊巴涅斯（Blasco Ibáñez）、馬查多（Antonio Machado）、西梅涅茲（Juan Ramón Jiménez）、羅卡（Federico García Lorca）

節慶

各地節慶舉例

- 二月：嘉年華（El Carnaval）。以加納利群島（Canarias）最為盛大。
- 三月：瓦倫西亞（Valencia）的法雅節（Las Fallas）。
- 四月：塞維亞（Sevilla）的四月節慶（Feria de Abril）。
- 七月：邦普羅納（Pamplona）的聖費明節（San Fermin），俗稱奔牛節。

西班牙國慶 Día de la Hispanidad

- 西班牙國慶日為10月12日，是紀念哥倫布（Colón）第一次踏上美洲大陸的日子，自1958 年開始為國慶日。
- 當天也是「比拉聖母節」（Día del Pilar），為薩拉哥薩（Zaragoza）最重要節慶。
- 這段連假稱為Puente del Pilar（puente = 橋、連假）。

瓦倫西亞（Valencia）法雅節 Las Fallas（www.fallas.com）

- 3月19日聖荷西節（Día de San José）。
- 歷史由來：至今不明，有各種說法。最早的紀錄開始於18世紀中。19世紀開始普遍慶祝。1852年的紀錄共有一座falla，到了2000 年，全瓦倫西亞自治區共有超過1000座fallas。
- 台灣也翻譯為「火節」。
- 節慶開始前，每個住宅區有一「法雅委員會」負責節慶相關事務，並推選法雅公主及法雅小公主。
- 每個法雅委員會聚集當地工匠、藝術家建造一座大法雅（falla mayor）及一座小法雅（falla infantil）。
- 委員會同時組成樂隊，在慶典遊行演奏。
- 慶典的遊行男女老少皆參與。
- 多項宗教儀式活動，如獻花給當地「庇護聖母」（Virgen de los Desamparados）。
- 3月1日～3月19日每天中午皆有蜂炮施放，週末並有大型煙火。
- 3月19日午夜將法雅放火燒盡

塞維亞（Sevilla）四月節慶 Feria de Abril（feriadesevilla.andalunet.com）

- 1846年開始舉行。
- 地點在安達魯西亞（Andalucía）的塞維亞（Sevilla），於四月舉行。
- 歌唱、舞蹈、遊樂場。
- 台灣也翻譯為「春會」。

邦普羅納（Pamplona）聖費明節 San Fermín（www.sanfermin.com）

- 台灣多翻譯為「奔牛節」。
- 節慶期間7月6日～7月14日，7月7日為聖費明節。
- 自從14世紀即有此節慶的紀錄。
- 原本是在10月10日慶祝，但是因為天氣不好，1591年開始改為7月舉行
- 慶祝方式除了奔牛、鬥牛外，也有宗教儀式、音樂、舞蹈、巨人遊行（gigantes）等。

其他有趣的地方節慶

- 巴塞隆納（Barcelona）4月23日慶祝「聖喬治節」（San Jorge），也是國際書香日。
- 瓦倫西亞省小鎮布紐（Buñol）在8月底慶祝「番茄節」（Tomatina）。
- 到處都有節慶，再小的鄉鎮都有節慶。

音樂舞蹈

西班牙音樂舞蹈的多樣性

- 佛朗明哥（El flamenco）：是音樂、是詩歌、也是舞蹈。
- 傳統大學歌隊（La tuna）：著名歌曲如〈小康乃馨〉（Clavelitos）、〈風西卡〉（Fonseca）等。
- 輕歌劇（La zarzuela）：著名歌劇如《阿拉貢人》（Los de Aragón）、《鴿子聖母節》（La verbena de la paloma）。
- 著名音樂家：馬努耶・法雅（Manuel de Falla）、華金・羅德利可（Joaquín Rodrigo）。
- 地方舞蹈：塞維亞娜（Sevillanas）、霍達（Jota）。
- 〈阿蘭輝茲協奏曲〉（Concierto de Aranjuez）是西班牙最著名的吉他協奏曲，作曲者為華金・羅德利可（Joaquín Rodrigo）。

佛朗明哥 El flamenco

- 佛朗明哥融合了印度、阿拉伯、非洲、希臘、猶太吟唱等成分，主要由吉普賽人流傳及表演。
- 佛朗明哥的三大元素為歌唱、吉他、舞蹈。
- 歌唱接近人類原始的呼喊，歌詞常如詩句，原始的曲風稱為cante jondo（深歌）。
- 舞蹈包括手部的動作、踩腳、響板及其他配件（如：扇子、絲巾、帽子）的運用等。
- 佛朗明哥的曲風（palos）共有不下70種。

馬德里 Madrid

馬德里是西班牙首都，位於西班牙本土的正中央。全國主要公路及鐵路，除了沿地中海邊的路線外，都是以馬德里為起點成放射狀。因此，馬德里市中心的太陽門廣場有個重要地標——「零公里處」（kilómetro cero）。馬德里市內以及附近城鎮有許多重要的熱門景點。以下介紹部分熱門景點。

Puerta del Sol 太陽門

太陽門是馬德里市中心的長形廣場。雖名為太陽「門」，這裡並沒有門。西班牙公路的「零公里處」就在這裡。太陽門是觀光客必到的熱鬧廣場，廣場中央有可通往市內各地的公車站以及地鐵站、觀光巴士站。廣場周遭有許多販賣紀念品的小店，附近也有價格不貴的旅社。以太陽門廣場為中心前往市區大部分的景點都可以步行到達，例如大廣場、三大美術館、皇宮等，以及大型百貨公司 El Cortes Inglés 都在附近。

1 馬德里的「大道」（Gran Via）

2 太陽門中央所豎立的卡洛斯三世騎馬雕像

Palacio Real 皇宮

馬德里的皇宮

皇宮內部（游皓雲攝）

皇宮位在馬德里市中心地勢較高處，從皇宮俯瞰景色優美。馬德里皇宮為皇室接待外賓的宮殿，平時皇室家庭住在馬德里近郊較小的 Zarzuela 宮。前西班牙卡洛斯國王曾笑說，皇室不住在馬德里皇宮，因他的祖父曾說，在這裡永遠吃不到熱餐，因為皇宮太大，等菜煮好，從廚房端到餐桌已經涼了。這當然是玩笑話，但也表現出西班牙皇室儉僕的生活習慣。皇宮博物館在開館時間內可購票入內參觀。

Plaza Mayor 大廣場

許多城鎮都有一個大廣場（Plaza Mayor），有些旅遊書中譯為「主廣場」。馬德里的大廣場是市中心的重要地標。廣場為四方形，周遭以建築圍繞，各個角落有對外的拱門出口。廣場內四邊都有餐廳，中央則有露天咖啡座，不時還有樂團、歌手穿梭在餐桌之間表演。大廣場也有許多小店販售記念品及足球隊（包括著名的皇家馬德里隊Real Madrid）的紀念商品，同時還有旅客中心（Oficina de Turismo）提供遊客諮詢服務。星期天的早上，馬德里的大廣場是大型的郵票及錢幣市集，在這裡可以買到古錢幣及各種郵票。

✈ 馬德里的大廣場

✈ 馬德里大廣場上的露天咖啡

Estadio Santiago Bernanéu 皇家馬德里足球場

皇家馬德里足球隊Real Madrid 成立於1902 年，是西班牙及歐洲最強的球隊之一，球迷遍及全世界。皇家馬德里隊的球場貝爾納貝屋位於馬德里市中心北區，在1955 年以球隊總裁的名字命名。

✈ 皇家馬德里隊球場貝爾納貝屋外觀（游皓雲攝）

✈ 皇家馬德里球場內部（鄭環海攝）

Museo de Prado
普拉多美術館

普拉多美術館為馬德里最重要的三大美術館之一，這三大美術館的位置非常接近，都在步行可到的範圍內。普拉多美術館收藏許多西班牙名家的著名畫作，例如哥雅（Francisco Goya）著名的兩幅畫《裸體美女》（La Maja Desnuda）和《著衣美女》（La Maja Vestida）、維拉斯給（Diego Velázquez）著名的宮廷畫《侍女圖》（Las Meninas）等。

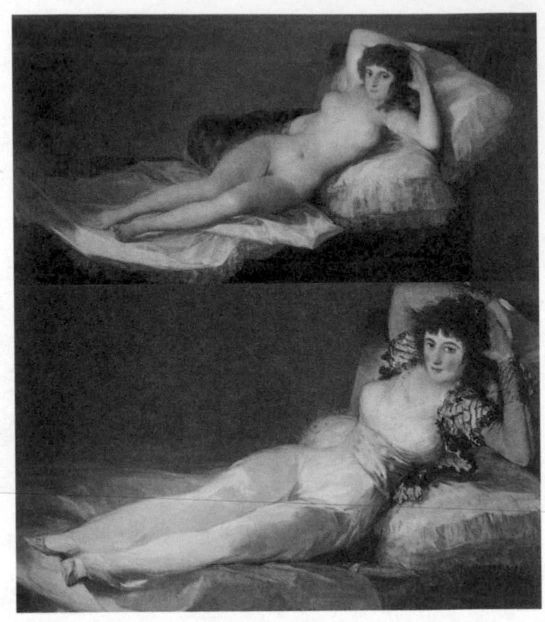

收藏在普拉多美術館內的哥雅名作

Centro de Arte Reina Sofía
蘇菲亞皇后藝術中心

馬德里的三大美術館之一。相對於普拉多美術館，這裡展出的作品較具現代感。西班牙畫家畢卡索（Pablo Picasso）描繪西班牙內戰慘狀的著名畫作《桂尼卡》（Guernica）即收藏在本館。

Museo de Thyssen-Bornemisza 提森美術館

馬德里的三大美術館之一。這裡展出的作品全部為提森的個人收藏品，由他的兒子捐贈給西班牙政府。館址原是17 世紀新古典主義風格的宮殿。館內除了有豐富的名畫收藏外，還可參觀其美麗的庭園。

Museo Sorolla 索羅亞美術館

瓦倫西亞（Valencia）出生的畫家索羅亞（Joaquín Sorolla y Bastida，1863-1923）畫作以描繪海邊的光影及人物出名。其名作多收藏在位在馬德里的寓居美術館。館內除了展出畫作外，還保留畫家的畫室擺設和具有南方安達魯西亞風味的庭園。

索羅亞的畫室

Plaza de España 西班牙廣場

著名的「西班牙廣場」有著西班牙文豪塞凡提斯（Miguel de Cervantes）筆下人物吉訶德先生（Don Quijote）和其隨從三丘班傻（Sancho Panza）的雕像。許多西班牙的城市都有西班牙廣場。

西班牙廣場

Parque de Retiro 瑞迪羅公園

瑞迪羅公園位在普拉多美術館的後方，是馬德里最大的公園，園內草木扶疏，並有一片大湖可供遊客划船。湖邊還有一座著名的溫室玻璃屋。夏日裡，公園處處都是散步的居民或遊客。午後，有些人索性在草地上睡午覺。午睡的西班牙文是 la siesta。公園裡還有一些小攤子販售手工藝術品。沿著湖邊則有咖啡座。

Plaza de Cibeles 西貝雷絲廣場

馬德里重要地標之一的西貝雷絲廣場，位在三大美術館附近，圓環中央是18 世紀建造的西貝雷絲女神像及噴泉，後方是20 世紀初落成的馬德里代表建築之一，過去是郵政總局，如今則是市政府。

瑞迪羅公園（游皓雲攝）

西貝雷絲廣場及市政府

巴塞隆納 Barcelona

巴塞隆納為在西班牙東北部靠地中海邊。這裡有西班牙最大的港口之一，還有沙灘，是國際商業都市，也是藝術的城市。著名建築師高第（Antoni Gaudí）就是巴塞隆納人。他獨具一格的現代主義建築，在巴塞隆納的街頭多處可見，將城市變化為夢幻之都。

古老的哥德區裡有大教堂，還有畢卡索美術館，收藏畫家早年的作品。

哥德區外的蘭布朗大道上，連綿的花店、書報攤、咖啡座，還有各式街頭藝人表演。大道盡頭是高聳的哥倫布雕像，連通港口。港口一座木板鋪成的大橋通往大型購物中心。市中心外的山坡上還有米羅基金會美術館，另一邊的山上則是高第的奎爾公園。巴塞隆納是古老、現代、藝術的完美結合。

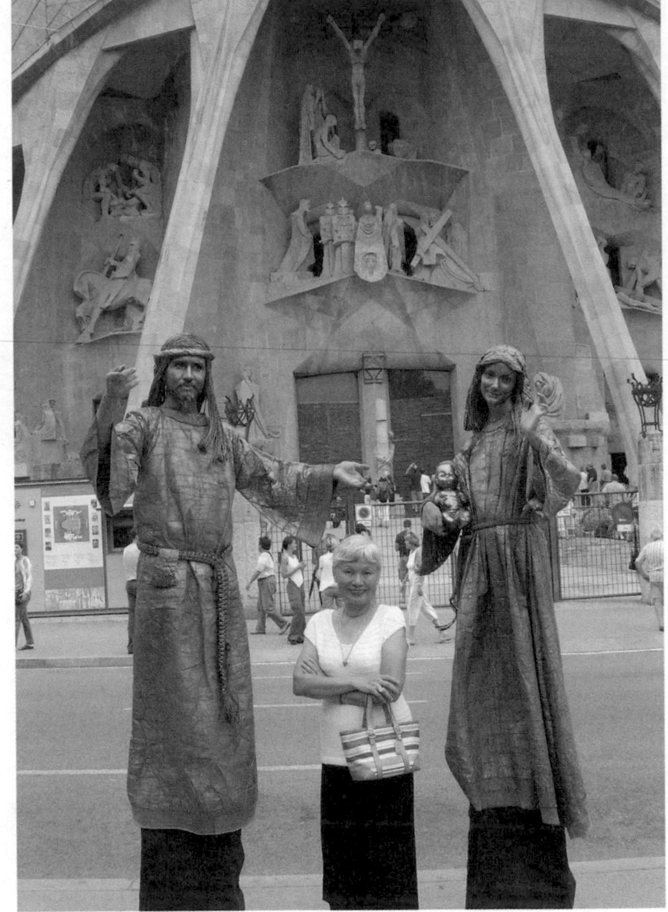

筆者母親覺虹女士在聖家堂前和街頭藝人合影

巴塞隆納是加泰隆尼亞自治區的首都。這一區的官方語言有兩種：加泰隆尼亞語（catalán）及西班牙語（castellano / español）。所有的路標以兩種語言標示，通常是加泰隆尼亞語為先。

El Puerto 港口

巴塞隆納的港口離市中心很近，從市中心的加泰隆尼亞廣場（Plaza de Cataluña）步行就可到達。港口有許多餐廳及商店。位於巴塞隆納港口高聳的哥倫布雕像（Monumento de Colón）是當地的重要地標。

許嘉家小姐在港口的哥倫布雕像前留影

蘭布朗大道上的花店（許嘉家攝）

興建中的聖家堂（許嘉家攝）

Las Ramblas 蘭布朗大道

正對著哥倫布雕像的蘭布朗大道是一條寬敞的行人徒步區，徒步區的兩邊則各有一線車道。大道上佈滿花店、書報攤、街頭表演藝人，還有絡繹不絕的遊客。每年4月23 日「國際書香日」也是加泰隆尼亞自治區的聖喬治節（San Jorge / San Jordi），當地居民會在這一天來到蘭布朗大道買一本書還有一朵玫瑰花送給心愛的人。

La Sagrada Familia 聖家堂

高第最著名的教堂建築，也是巴塞隆納的地標。聖家堂歷經一百多年的建造過程，至今尚未全部完工。高第現代感的教堂建築打破傳統，獨一無二。聖家堂的十二個尖塔高聳入天，從遠處山上的高第奎爾公園也可看見。聖家堂完工後將成為巴塞隆納新的主教堂。

Casa Batlló 巴佑之家

這棟高第設計的建築坐落在格拉喜亞大道（Paseo de Gracia）。這條街的人行道上，還有許多座由高第設計的鑄鐵路燈及座椅。巴佑之家的外觀是童話屋般的流線型，並以彩色磁磚裝飾。

Casa Milá / La Pedrera 米拉之家 / 石頭屋

這棟高第設計的建築坐落在格拉喜亞大道（Paseo de Gracia）。建築的外型有如一塊大石頭，呈現流線優美的外觀，因此也被稱為石頭屋（La Pedrera）。這棟建築為當地的加泰隆尼亞銀行（Caixa de Catalunya）在1986 年整修，成立加泰隆尼亞銀行基金會（la Fundación Caixa de Catalunya）。

Parque Güell / Parc Güell 奎爾公園

Parc 是加泰隆尼亞語的「公園」。西班牙文為 parque。奎爾公園位在巴塞隆納一處山坡上，是一座完全由高第設計的夢幻公園。入口處為薑餅屋般的建築，一進公園則是由彩色磁磚拼成的階梯和著名的蜥蜴噴泉。公園四處的造景由馬賽克磁磚、鑄鐵、仿岩石材料組成，是高第風格的嘉年華式熱鬧呈現。從公園眺望市區，可以看到巴塞隆納港及興建中的聖家堂。同時，公園裡還保留高第建設公園期間曾住過的故居，遊客可購票進入參觀。

1 巴佑之家（Nathan Michon 攝）

2 米拉之家（Nathan Michon 攝）

3 奎爾公園（許嘉家攝）

奎爾公園（Nathan Michon 攝）

米羅基金會（許嘉家攝）

Fundación Miró 米羅基金會美術館

座落在一處山坡上的米羅基金會美術館是十分值得參觀的特別景點。藝術家米羅（Joán Miró）在生前成立了基金會，並且在這棟白色的建築裡展覽畫作及雕塑作品。白色露台上擺設七彩各式現代感十足的雕塑，室內挑高的大牆懸掛著同樣充滿色彩的壁布，美術館本身就是一件充滿驚喜的藝術作品。

瓦倫西亞 Valencia

瓦倫西亞位在西班牙正東方靠地中海邊。瓦倫西亞自治區有三個省份：卡斯得勇（Castellón）、瓦倫西亞（Valencia）和阿利甘得（Alicante）。瓦倫西亞市（Valencia）就是瓦倫西亞自治區的首府。自治區的官方語言有兩種：瓦倫西亞語（valenciano）及西班牙語（castellano / español）。所有路標以兩種語言標示。瓦倫西亞語近似於加泰隆尼亞語。

瓦倫西亞是一千年前建立的城市，如今依然保留兩個舊城門的高塔。這裡除了有融合摩爾風格的建築外，還有許多現代感的新建築。當地名建築師卡拉德拉瓦（Santiago Calatrava）設計的大規模藝術科學城（Ciudad de las Artes y las Ciencias），建在流經都市的舊河床上，包括科學館、海洋世界、圓形立體電影劇場、歌劇院等。建築風格前衛，以白色為主搭配水流的主題，充分表現卡拉德拉瓦的個人風格，同時又呼應瓦倫西亞的藍天碧海。

瓦倫西亞港口區不如巴塞隆納港口的商業繁華，但連綿的沙灘和步道、餐廳，每年吸引無數觀光客來此度假。2007 年瓦倫西亞舉辦世界美洲盃帆船賽，重新翻修海港區，更增添了新氣象。此外，來到瓦倫西亞，不可錯過道地的「百雅飯」（La Paella）以及每年三月的「法雅節」（Las Fallas）。

2

3

4

1 女王廣場（Plaza de la Reina）

2 瓦倫西亞海港

3 4 2000年法雅節市政府廣場的大型法雅雕塑作品，在3月19日午夜放火燒毀

Cauce del río Turia 度立雅河床

度立雅河流經瓦倫西亞市，早年曾經氾濫，河水被引導出城外。如今城內的度立雅河床成為瓦倫西亞綠地及休閒區，河床上有公園、體育場、步道、音樂廳及新建的大型藝術科學城。河床上保留有多座古橋。

El Palacio de la Música / El Palau de la Música 音樂廳

音樂廳在度立雅河床上，廳前有音樂噴泉。每週日黃昏音樂廳常有免費的音樂會，有時也有戶外表演。瓦倫西亞語稱音樂廳為El Palau de la Música，當地簡稱為El Palau。

La Ciudad de las Artes y Las Ciencias 藝術科學城

La Plaza del Ayuntamiento 市政府廣場

La playa 海灘

1 度立雅河的「花之橋」，河床為公園

2 藝術科學城海洋館

3 藝術科學城科學館1

4 藝術科學城科學館2

5 瓦倫西亞的市政府廣場

6 瓦倫西亞的海灘

薩拉曼卡 Salamanca

薩拉曼卡位在西班牙中北部，是一個典雅的卡斯底亞古城，2002 年獲選為歐洲的文化首都。這裡有西班牙最古老的大學：薩拉曼卡大學。整個城市就是大學城，處處是古蹟、處處是書香，到了夜晚，古城變成大學生的派對城，時時都有歡樂的氣氛。薩拉曼卡大學也是國際學生最喜歡的遊學地點。大學安排有不同程度及重點的西班牙語言文化等短期課程，同時也安排學生住宿及郊遊的參觀行程。在西班牙最古老大學的古蹟建築裡上暑期課程別有一番風味。薩拉曼卡的大廣場（Plaza Mayor）是西班牙最美的大廣場之一，夜晚常有大學歌隊在此表演。

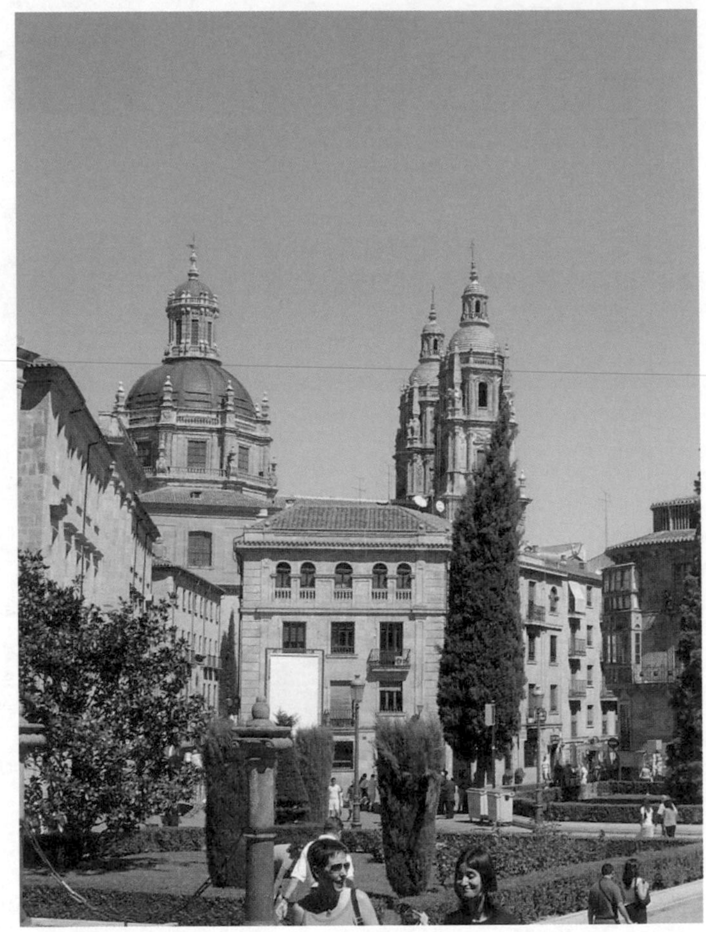

薩拉曼卡大學

La Catedral Nueva 新大教堂

薩拉曼卡的新舊大教堂相連，但建築的年代不同，風格也不同。舊大教堂建於12世紀，新大教堂建於16-18 世紀。新大教堂的大門上雕有許多古典的聖人像，奇怪的是，上面居然還雕了一位太空人！

薩拉曼卡大廣場

薩拉曼卡大教堂門上的太空人

薩拉曼卡大學城裡遊行的樂儀隊

La Universidad de Salamanca 薩拉曼卡大學

薩拉曼卡大學的古老大門繁複的浮雕上，雕有一隻小青蛙。據說能自己找到這隻小青蛙的人，願望就能成真（一種說法是考試高分通過，另一種說法是能找到心上人）。因此，小青蛙就是大學幸運的象徵。

Casa de las Conchas 貝殼屋

16世紀初落成的貝殼屋，融合哥德式、文藝復興、回教等風格，外牆浮刻三百個以上的貝殼雕飾。貝殼屋內是圖書館，中庭在夏季常有音樂表演。

Casa Lis 麗斯之屋

麗斯之屋建於20 世紀初，在1995 年成立對外開放的裝飾藝術博物館（Museo de Art Nouveau y Art Déco），不但收藏品精美，屋內天花板和外窗的彩繪玻璃更是令人激賞。

1 薩拉曼卡的貝殼屋

2 薩拉曼卡的麗斯之屋

其他知名景點

Andalucía 安達魯西亞

安達魯西亞地方幅員廣大，地處西班牙南方，有高山也有美麗的海岸。安達魯西亞的三大城是遊客必到的熱門景點：哥多華（Córdoba）、塞維亞（Sevilla）、格拉納達（Granada）。哥多華的清真寺教堂（La Mezquita-Catedral）過去是清真寺，如今則為天主教堂；另外，哥多華有著名的猶太區（El Barrio Judío）。塞維亞的重要景點包括大教堂（La Catedral），還有在每年復活節後的四月節慶（Feria de Abril）。格拉納達最有名的景點就是阿蘭布拉宮（La Alhambra）和宮殿旁的大花園荷內拉麗斐（El Generalife）。

清真寺大教堂（鄭環海攝）

西班牙南部的佛朗明哥舞（鄭環海攝）

Zaragoza 薩拉哥薩

薩拉哥薩的比拉聖母教堂是全國天主教徒朝聖的重要勝地之一，10 月12 日比拉聖母節也是西班牙的國慶。

薩拉哥薩的比拉聖母教堂

西班牙的家常菜

小菜（tapas）和煎蛋（tortilla），鮑教授的姊姊Marisa Borao Mateo在薩拉哥薩家中烹調西班牙小菜及煎蛋（鮑曉鷗提供）。

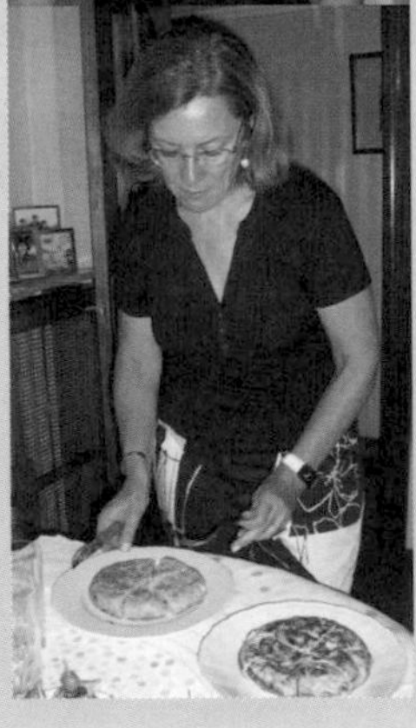

第6章

購物

de compras

shopping

西班牙各個城鎮都有賣當地特產的紀念品店，
例如橄欖油、手工藝品、糕餅等。
購物中心和服飾店
通常在每年1月和7月大折價，
是購物的好時機。

常用例句
frases útiles

您需要什麼嗎？
¿Necesita algo?
Do you need anything?

我能幫您嗎？
¿Le puedo ayudar?
May I help you?

請問您可以幫我嗎？
¿Por favor, me puede ayudar?
Excuse me. Could you help me?

這是禮物。有特別的包裝嗎？
Es para regalo. ¿Tienen un envoltorio especial?
It's a gift. Do you have a gift box?

可以幫我包裝作為禮物嗎？
¿Me lo puede envolver para regalo?
Could you wrap it for me as a gift?

我帶（買）這件。（單數陽性 / 陰性）
Me lo llevo. / Me la llevo.
I'll take it.

我帶（買）這幾件。（複數陽性 / 陰性）
Me los llevo. / Me las llevo.
I'll take them.

有其他顏色的嗎？
¿Hay de otro color?
Are there other colors?

有另一個類似的嗎？
¿Hay otro parecido?
Is there another similar one?

您能幫我修改嗎？
¿Me lo puede modificar?
Could you alter it for me?

多久會好？
¿Cuánto tiempo tarda?
How long will it take?

實用句型：這附近有～嗎？

這附近有～嗎？
¿Hay ... cerca de aquí?
Is there a ... near here?

實用字彙

店 **tienda** store	購物中心 **centro comercial** shopping mall	市集 **mercadillo** open market
市場 **mercado** market	量販超市 **hipermercado** supermarket / ware house	超級市場 **supermercado** supermarket
鞋店 **zapatería** shoe store	流行手工飾品 **bisutería** jewelry / accessory shop	美髮店 **peluquería** hair salon
書店 **librería** bookstore	小報攤／店（賣書報、公車票、電話卡、手機加值等） **quiosco / kiosco** kiosk	
文具店 **papelería** stationary store	小店（賣菸、郵票、明信片、公車票等） **estanco** tobacco shop	
水果店 **frutería** fruit shop	糕餅店 **pastelería** bakery（of pastries and cakes）	（自助）洗衣店 **lavandería** laundromat

洗衣店 / 乾洗店
tintorería
dry cleaner

糖果店
tienda de caramelos
candy shop

巧克力店
chocolatería
chocolate shop

麵包店
panadería
bakery（of bread）

食品行
tienda de alimentación
produce store

花店
floristería
florist / flower shop

肉店
carnicería
butcher's（shop）

賣火腿 / 臘腸 / 乳酪的店
charcutería
delicatessen

魚店
pescadería
fish shop

蔬菜店
verdulería
grocery store

照相館
tienda de fotografía
photo shop

五金行
ferretería
hardware store

眼鏡行
óptica
optician

運動用品店
tienda de deportes
sports shop

玩具店
juguetería
toy store

服飾店
tienda de ropa
clothing store

紀念品店
tienda de recuerdos
souvenir shop

郵局
correos
post office

銀行
banco
bank

藝廊
galería de arte
art gallery

珠寶店
joyería
jewelry shop

電器行
tienda de electrodomésticos
electronic store

唱片行
tienda de discos
music store

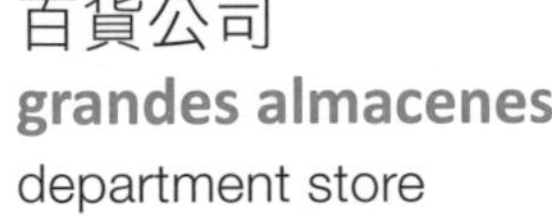

百貨公司
grandes almacenes
department store

禮品店
tienda de regalos
gift shop

皮箱店
tienda de maletas
suitcase store

藥房
farmacia
pharmacy

「英式剪裁」百貨公司
El Corte Inglés

請問女裝在幾樓？
¿Por favor, en qué planta está la ropa de señora?
Excuse me, on which floor are women's clothes?

這件衣服有減價嗎？
¿Está esta prenda de rebajas?
Is this item on sale?

特別說明

- El Corte Inglés「英式剪裁」百貨公司是西班牙最大的連鎖百貨公司。店名的corte是「剪裁」的意思。在西班牙，英國式的剪裁被認為是高水準的，所以「英式剪裁」指其所賣的衣服是最好的。除了服飾及配件之外，El Corte Inglés 還有超市、餐廳、電器、圖書、影音產品、日用品、藥妝、紀念品等，甚至百貨公司裡就有旗下旅行社、保險公司等，應有盡有。

實用字彙：百貨公司裡不同部門可能的標示

配件
accesorios

男裝
moda hombre

女裝
moda mujer

童裝
moda infantil

運動用品
deportes

鞋類
zapatos

音樂 **música**	書籍 **libros**	玩具 **juguetes**
家電 **electrodomésticos**	電子產品 **electrónica**	內衣 **lencería**
電玩 **videojuegos**	文具 **papelería**	食品 **alimentación**
香水及保養品 **perfumería y cosmética**	珠寶 **joyería**	衛浴用品 **baño**

實用句型：～在哪裡？

～在哪裡？
¿Dónde está / están ...?
Where is / are ...?

■ **單數名詞用** ¿Dónde está ...?

電梯在哪裡？
¿Dónde está el ascensor?
Where is the elevator?

■ **複數名詞用** ¿Dónde están ...?

鞋子在哪裡？
¿Dónde están los zapatos?
Where are the shoes?

實用字彙

樓梯 **las escaleras** the stairs	電梯 **el ascensor** the elevator	手扶梯 **la escalera mecánica** the escalator

顧客服務
la oficina de Servicio al Cliente
Customer Service

收銀台
la caja
the cashier

洗手間
los servicios
the restrooms

男裝
la ropa de hombre
men's clothing

女裝
la ropa de señora
women's clothing

童裝
la ropa para niños
children's clothing

玩具
los juguetes
the toys

鞋
los zapatos
the shoes

運動用品
los artículos deportivos
sports goods

家具
los muebles
the furniture

CD唱片
los CDs（los cedes）
the CDs

書
los libros
the books

實用句型：在～

在～。
Está / Están ...
It's / They are ...

實用字彙

右邊
a la derecha
on the right

左邊
a la izquierda
on the left

地面樓（一樓）
en la planta baja
on the ground floor

走道中間
en el medio del pasillo
in the middle of the corridor

手扶梯後面
detrás de la escalera mecánica
behind the escalator

走道盡頭
al final del pasillo
at the end of the corridor

手扶梯旁邊
al lado de la escalera mecánica
next to the escalator

招牌下面
debajo de la señal
under the sign

電梯前面
enfrente del ascensor
in front of the elevator

營業時間
horario

請問店的營業時間是幾點到幾點？
Por favor, ¿cuál es el horario de la tienda?
Excuse me, what are the business hours of the store?

（店）每天都開嗎？
¿Abren todos los días?
Does it open every day?

特別說明

- 西班牙的店家或是辦公室通常上班時間分為兩段，早上從8、9 點到1、2 點，下午從4、5 點到8、 9 點。不過像是百貨公司、郵局，或是觀光景點的紀念品店，通常中午是不休息的。

協助
ayuda

需要幫忙嗎？
¿Le puedo ayudar?
May I help you?

您在找什麼呢？
¿Qué busca?
What are you looking for?

我在找圍巾。
Busco bufandas.
I'm looking for scarves.

在這裡。
Aquí están.
Here they are.

沒什麼。我只是看看。
Nada especial. Sólo estoy mirando.
Nothing special. I'm just looking.

好的。
De acuerdo.
Okay.

您會說英文嗎？
¿Habla inglés?
Do you speak English?

實用句型：我需要～

我需要～。
Necesito ...
I need ...

實用字彙

您的意見
su opinión
your opinion

更多資訊
más información
more information

想一想
pensar más
to think about it

建議
consejos
advice

詢問店員
preguntando al dependiente

我想看一下櫥窗裡的那一件洋裝。
Querría ver un vestido que hay en el escaparate.
I would like to take a look at the dress in the display window.

這件襯衫是這一季的新款嗎？
¿Es esta camisa de esta temporada?
Is the shirt this season's style?

有沒有可以搭配這件上衣的裙子？
¿Hay alguna falda que vaya bien con la blusa?
Do you have any skirts that go with the blouse?

實用句型：我可以看櫥窗裡的～嗎？

我可以看櫥窗裡的～嗎？
¿Podía ver ... en el escaparate?
Could I see ... in the display window?

實用字彙

襯衫 **la camisa** the shirt	無袖背心 **la camiseta sin mangas** the tank top	
T 恤 **la camiseta** the T-shirt	女裝上衣 **la blusa** the blouse	毛衣 **el sueter** the sweater
針織衫 **el jersey** the knit	夾克 **la chaqueta** the jacket	大衣 **el abrigo** the coat
牛仔褲 **los vaqueros** the jeans	長褲 **el pantalón largo** the long pants	短褲 **el pantalón corto** the shorts
套裝 **el traje** the suit	洋裝 **el vestido** the dress	背心 **el chaleco** the vest
裙子 **la falda** the skirt	泳裝 **el bañador** the swimsuit	比基尼 **el bikini** bikini

顏色
colores

這還有別的顏色嗎？
¿Hay de otro color?
Do you have it in different colors?

我喜歡土耳其藍的那件。（陽性 / 陰性）
Me gusta el / la de azul turquesa.
I like the turquoise blue one.

有沒有亮一點的顏色？
¿Tiene otro color más claro?
Do you have it in a brighter color?

這個顏色有點太暗了。
Este color es un poco oscuro.
This color is a little dark.

實用句型：有沒有～色的？

有沒有～色的？
¿Hay de color ...?
Do you have it in ...（color）?

實用字彙

白色
blanco
white

黑色
negro
black

灰色
gris
gray

米色
beige
beige

膚色
color de piel
skin color

棕色 / 古銅色
moreno
tan

橘色
color naranja
orange

粉紅色
color rosa
pink

粉紅色
rosado
pink

紅色
rojo
red

黃色
amarillo
yellow

藍色
azul
blue

海軍藍 **azul marino** navy blue	淡藍色 **azul claro** light blue	深藍色 **azul oscuro** dark blue	淡 / 淺 / 亮 **claro** light
深 / 暗 **oscuro** dark	酒紅色 **color vino** burgundy	棕色 / 咖啡色 **marrón** brown	淺棕色 / 栗子色 **castaño** chestnut
金色 **color dorado** gold	銀色 **color plata** silver	紫色 **morado** purple	綠色 **verde** green

試穿
probar

我可以試穿嗎？
¿Puedo probármelo?
Can I try it on?

當然可以。試衣間在那裡，走道的盡頭。
Claro. El probador está allí, al fondo del pasillo.
Sure. The fitting room is there, at the end of the aisle.

鏡子在哪裡？
¿Dónde hay un espejo?
Where is the mirror?

請往這邊走。
Por aquí, por favor.
This way please.

如何呢？好嗎？
¿Qué tal?
How is it?

一切都好嗎？
¿Todo bien?
Is everything OK?

適合我嗎？
¿Cómo me queda?
How do I look?

您穿起來很合適。
Le queda muy bien.
It fits you well.

您喜歡嗎？
¿Le gusta?
Do you like it?

特別說明

- 西班牙人很熱情，即使是陌生人也會彼此打招呼。進入店裡時，店員會和你打招呼，這時候別忘了說聲Hola（你好）。離開店時，即使沒有買東西，也要記得說聲Gracias（謝謝）、Adiós（再見）。在店裡試穿衣服前，通常必須先問店員是否可以試穿。

尺寸
talla

有小號的嗎？
¿Tienen la talla pequeña?
Do you have a size small?

我不知道我是幾號尺寸。
No sé qué talla tengo.
I don't know what size I am.

有另一個較小的嗎？（陽性名詞 / 陰性名詞）
¿Hay otro / otra más pequeño / pequeña?
Is there a smaller one?

有另一個較大的嗎？（陽性名詞 / 陰性名詞）
¿Hay otro / otra más grande?
Is there a bigger one?

有點大。（陰陽性同型）
Es un poco grande.
It's a little big.

有點窄。（陽性 / 陰性）
Es un poco estrecho / estrecha.
It's a little narrow.

對我來說有點太長。可以改短嗎？
Me está un poco largo. ¿Pueden cortarlo?
It's a little too long for me. Can you shorten it?

實用句型：有～的尺寸嗎？

有～的尺寸嗎？
¿Tiene la talla ...?
Do you have a ... size?

■ **文法解析**

tiene是「您有」的意思。la talla（尺寸）是陰性名詞，後面可以接「大」、「中」、「小」等形容詞的陰性型，也可以接數字。例如¿Tiene la talla pequeña?（有小號的嗎？）。

實用字彙

大號
talla grande
large size

中號
talla mediana
medium size

小號
talla pequeña
small size

再大一號
una talla más
one size larger

再小一號
una talla menos
one size smaller

38號
talla 38 (treinta y ocho)
size thirty-eight

大尺碼
tallas grandes
plus size

小尺碼
tallas pequeñas
petites

試穿過後
probándose ropa

如何呢？好嗎？
¿Qué tal?
How is it?

一切都好嗎？
¿Todo bien?
Is everything OK?

尺寸適合嗎？
¿Cómo le queda la talla?
How does this size fit you?

不太適合我。
No me queda muy bien.
It doesn't quite fit me.

有點太緊了。（陽性 / 陰性）
Es un poco estrecho / estrecha.
It's a little tight.

有寬鬆點的嗎？（陽性 / 陰性）
¿Hay otro / otra más ancho / ancha?
Do you have a looser one?

袖子對我來說太長了。
Las mangas me quedan largas.
The sleeves are too long for me.

可以修改嗎？
¿Las puede modificar?
Can you alter them?

當然可以。
Claro que sí.
Of course.

多久會好？
¿Cuánto tiempo tardará?
How long will it take?

實用句型：哪一個比較～？

哪一個（比較）～？（比較兩件物品）
¿Cuál es（más）...?
Which one is（more）...?

實用字彙

比較好
mejor
better

比較好看（陽性 / 陰性）
más bonito / bonita
more beautiful

比較便宜（陽性 / 陰性）
más barato / barata
cheaper

比較貴（陽性 / 陰性）
más caro / cara
more expensive

比較實用
más práctico
more practical

比較有效率
más eficaz
more efficient

鞋子
zapatos

我想找高跟鞋。
Busco unos zapatos de tacón.
I'm looking for high heels.

有其他樣式的嗎？
¿Tiene de otro modelo?
Do you have a different style?

有38號的嗎？
¿Tienen la talla 38（treinta y ocho）?
Is there a size thirty-eight?

您穿什麼尺碼？
¿Qué talla tiene?
Which size do you wear?

我不是很清楚。
No sé muy bien.
I don't really know.

我可以試試不同的尺寸嗎？
¿Puedo probarme varias tallas?
May I try on different sizes?

如果您不喜歡，可以退貨。
Si no le gusta, puede devolverlo.
If you don't like it, you can return it.

實用字彙

鞋子
zapatos
shoes

靴子
botas
boots

踝靴
botines
ankle boots

高跟鞋
zapatos de tacón
high heels

涼鞋
sandalias
sandals

夾腳拖
chanclas
flip flops

運動鞋
zapatillas deportivas
sneakers / sports shoes

室內拖鞋
zapatillas de casa
slippers

帆船鞋
mocasines
moccasin

木鞋
zuecos
clogs

襪類

襪子
calcetines
socks

褲襪
medias
pantyhose

運動襪
calcetines de deporte
sports socks

短襪
calcetines cortos
ankle socks

配件類

領帶 **corbata** tie	皮帶 **cinturón** belt	皮帶扣 **hebilla** belt buckle
披肩 **mantón** shawl	馬尼拉披肩（傳統西班牙披肩） **mantón de Manila** Manila shawl	
圍巾 **bufanda** scarf	手帕 / 絲巾 **pañuelo** handkerchief	手套 **guantes** gloves
鴨舌帽 **gorra** baseball cap	帽子（有帽沿） **sombrero** hat	帽子（無帽沿） **gorro** cap
項鍊 **collar** necklace	項鍊墜子 **colgante** pendant	耳環 **pendientes** earrings
戒指 **anillo** ring	手環 / 手鍊 / 手珠 **pulsera** bracelet	胸針 **broche** brooch
鈕扣 **botones** buttons	太陽眼鏡 **gafas de sol** sunglasses	雨傘 **paraguas** umbrella

紀念品
recuerdo

這裡的特產是什麼呢？
¿Qué es típico de aquí?
What is typical here?

我想買紀念品送給我的父母。
Querría comprar recuerdos para mis padres.
I'd like to buy souvenirs for my parents.

實用字彙

道地的 / 特產的 **típico** typical	紀念品 / 回憶 **un recuerdo** a souvenir	父母 **los padres** parents

價格 / 折扣
precio / descuento

您能給我打折嗎？
¿Me puede hacer un descuento?
Could you give me a discount?

有折扣嗎？
¿Hay descuento?
Is there a discount?

有另一個較便宜的嗎？（陽性名詞 / 陰性名詞）
¿Tiene otro más barato? / ¿Tiene otra más barata?
Is there another cheaper one?

特別說明

- 西班牙的大減價是在 1 月新年過後到 2 月底，以及 7 月到 8 月。第一波減價之後通常還有第二波減價，價格更低，但剩下的貨品數量少。

實用字彙

大減價
rebajas
sale

打七折
un descuento del 30% (treinta por ciento)
thirty percent off

第二波大減價
segundas rebajas
second sale

便宜
barato (m.) / barata (f.)
cheap

免費
gratis
free of charge

貴
caro(m.) / cara (f.)
expensive

下決定
tomando decisiones

我喜歡這件毛衣。
Me gusta el jersey.
I like the sweater.

我決定買了。
Lo compro.
I'll buy it.

謝謝，但這不太是我的風格。
No va mucho con mi estilo. Gracias.
Thank you, but it's not exactly my style.

我不是很喜歡。
No me gusta mucho.
I don't like it very much.

讓我考慮一下。
Déjeme pensarlo.
Let me think about it.

結帳付款
al pagar

請問多少錢？
¿Por favor, cuánto cuesta esto?
Excuse me, how much is this?

我該付多少錢？
¿Cuánto le debo?
How much should I pay you?

我可以用信用卡付帳嗎？
¿Puedo pagar con tarjeta de crédito?
Can I pay with a credit card?

刷卡還是付現？
¿Tarjeta o efectivo?
Credit card or cash?

這家店是免稅的嗎？
¿Es esta tienda libre de impuestos?
Is this store tax-free?

特別說明

- 商店門口若有標示Visa, Mastercard 等信用卡標誌，表示可以刷卡付帳，通常在刷卡時必須出示護照。至於旅行支票，大型百貨公司（如El Corte Inglés）通常可以接受，一般商家則多半不接受。西班牙的營業稅IVA（Impuesto sobre el Valor Añadido）一般都包含在價格中。免稅商店在機場以外很少見。

加值稅
IVA

這包含加值稅嗎？
¿Está incluido el IVA?
Is the tax added?

這可以退稅嗎？
¿Me pueden devolver el IVA?
Is this tax-free?

有提供退稅服務嗎？
¿Hay servicio de devolución del IVA?
Do you have tax-free shopping service?

您可以幫我填寫退稅表格嗎？
¿Me puede ayudar con el formulario de devolución del IVA?
Could you help me with the tax-free form?

退換衣物
combiando la ropa comprada

這件衣服有個瑕疵。
Esta prenda tiene un defecto.
This garment has a defect.

我可以退貨嗎？
¿Lo puedo devolver?
Could I return it(for refund)?

我可以換貨嗎？
¿Lo puedo cambiar?
Could I exchange it(for another item)?

收據在這裡。
Aquí está el recibo.
Here's the receipt.

實用字彙

退貨
devolución
return

換貨
cambio
exchange

其他單字

雜誌 **revista** magazine	郵票 **sello** stamp	明信片 **postal** postcard	信封 **sobre** envelope
皮包 **bolso** handbag	提袋 **bolsa** bag	皮箱 **maleta** suitcase	背包 **mochila** backpack
手工藝品 **trabajo de artesanía** crafts		圖畫 **dibujo** picture	繪畫 **pintura** painting
陶瓷 **cerámica** ceramic	盤子 **plato** plate	珠寶 **joyas** jewelry	手錶 **reloj** watch
皮夾 **cartera** wallet	零錢包 **monedero** purse	皮帶 **cinturón** belt	橄欖油 **aceite de oliva** olive oil
化粧品 **cosméticos / maquillaje** cosmetics		口紅 **lápiz de labios** lipstick	

第 7 章

住宿

alojamiento

accommodation

西班牙的平價旅館、國營旅社、星級飯店各有特色，
只要做好行前規劃，
不必花大錢就能住到乾淨溫馨的房間。

訂房
haciendo reserva de habitaciones

您好，我想訂房。
Hola, me gustaría hacer una reserva.
Hello, I'd like to make a reservation.

什麼時候？
¿Para cuándo?
For when?

今晚有沒有空房？
¿Hay habitaciones libres para esta noche?
Are there rooms available for tonight?

5 月 20 日。
Veinte de mayo.
May 20th.

住幾個晚上？
¿Cuántas noches?
How many nights?

三個晚上。
Tres noches.
Three nights.

我要一間雙人房，兩張床。
Querría una habitación doble con dos camas.
I'd like a double room with two beds.

每晚價格多少？
¿Cuál es la tarifa por noche?
What is the nightly rate?

有便宜一點的房間嗎？
¿Hay otra habitación más barata?
Is there a cheaper room?

房間有衛浴設備嗎？
¿La habitación tiene baño completo?
Is there a bathroom with shower in the room?

旅館客滿了。
El hotel está completo.
The hotel is fully booked.

請問有單人房嗎？
¿Hay habitaciones individuales?
Are there single rooms?

請問有雙人房嗎？
¿Hay habitaciones dobles?
Are there double rooms?

請問房間有兩張床嗎？
¿Hay dos camas en la habitación?
Are there two beds in the room?

請問有三人房嗎？
¿Hay habitaciones triples?
Are there triple rooms?

請問有沒有附陽台的房間？
¿Hay habitaciones con balcón?
Are there rooms with a balcony?

有到機場的接送服務嗎？
¿Hay servicio de transporte para ir al aeropuerto?
Is there shuttle service to the airport?

實用字彙

客滿 **completo** fully booked	旺季 **temporada alta** high season	淡季 **temporada baja** low season

實用句型：有附～的房間嗎？

有附～的房間嗎？
¿Hay habitaciones con ...?
Are there rooms with ...?

■ **文法解析**

這裡「房間」用複數型habitaciones，「附」con 之後接所附的設備，設備名稱不需加定冠詞el, la, los, las。例如：¿Hay habitaciones con balcón?（有附陽台的房間嗎？）

實用字彙

網際網路 **internet** internet	露台 **terraza** terrace / balcony	陽台 **balcón** balcony
客廳 **salón** living room	全套衛浴 **baño completo** bathroom with shower	冷氣 **aire acondicionado** air conditioning

取消和變更訂房
cancelación y cambio de reserva

抱歉，我要取消訂房。
Perdóneme, pero tengo que cancelar la reserva.
I'm sorry but I have to cancel my reservation.

我找不到訂房代號。
No encuentro el código de la reserva.
I can't find the reservation code.

取消會扣手續費嗎？
¿Cobran tasa por la cancelación?
Do you charge a cancellation fee?

我想更改訂房。
Querría cambiar la reserva.
I'd like to change my reservation.

我們會晚一天到達。
Llegaremos un día tarde.
We will arrive a day late.

我不確定抵達的時間。（男性 / 女性）
No estoy seguro / segura de la hora de llegada.
I'm not sure what time we will arrive.

房間可以保留到幾點？
¿Hasta qué hora se puede guardar la habitación?
Until what time can you keep my room?

實用字彙

訂房注意事項
condiciones de reserva
reservation conditions

預約代碼
código de reserva
reservation code

取消訂房
cancelación de reserva
cancellation of reservation

變更訂房
cambio de reserva
change of reservation

登記入住
registrarse en el hotel

我有訂房。
Tengo una reserva.
I have a reservation.

是用～的名字（訂的）。
a nombre de ...
in the name of ...

您好，我訂了兩間雙人房。
¡Hola! Tengo reserva de dos habitaciones dobles.
Hi! I have a reservation for two double rooms.

預約是住三晚。
La reserva es para tres noches.
The reservation is for three nights.

麻煩您的護照。
Su pasaporte, por favor.
Your passport, please.

能不能給我您的信用卡？
¿Me puede dejar su tarjeta de crédito?
Could I have your credit card?

當然可以。這是我的護照和信用卡。

Claro. Aquí están mi pasaporte y mi tarjeta de crédito.

Of course. Here's my passport and credit card.

停車免費嗎？

¿Es gratis el aparcamiento?

Is parking free?

特別說明

- 「辦理住房」是registrarse en el hotel，但是通常就簡單說「進住」entrar（名詞為 entrada）以及「離開」salir（名詞為 salida），或「退房」dejar la habitación。舉例來說，旅館「進住時間為下午3 點」可能以entrada habitación 15.00 表示，而「退房時間12點」可能以 salida habitación 12.00 表示。住房通常必須出示護照及信用卡。

早餐
desayuno

請問有附早餐嗎？

Por favor, ¿está incluido el desayuno?

Excuse me, is the breakfast included?

早餐時間是幾點到幾點？

¿Cuál es el horario del desayuno?

When is the breakfast served?

特別說明

- 如果早餐沒有包含在住房費用內，除了另外付費外，也可選擇到附近的咖啡店用早餐。通常咖啡店（bar, cafetería）的早餐便宜又豐盛。

實用字彙

包含在內的
incluido
included

不包含在內的
no incluido
not included

上網
internet

請問房間裡是否可無線上網？
¿Hay wifi en la habitación?
Is there WiFi in the room?

網路連線密碼是什麼？
¿Cuál es la contraseña para conectarse?
What is the password for the Internet connection?

旅館附近有網路咖啡廳嗎？
¿Hay algún café internet cerca del hotel?
Is there any internet café near the hotel?

實用字彙

密碼
contraseña
password

連接／連線
conectarse
connect

在～附近
cerca de ...
near ...

飯店設施
servicios

請問飯店有游泳池嗎？
Por favor, ¿hay piscina en el hotel?
Excuse me, is there a swimming pool in the hotel?

健身房在哪裡？
¿Dónde está el gimnasio?
Where is the gym / fitness center?

商務中心在幾樓？
¿En qué planta está el centro de negocios?
On which floor is the business center?

請問有寄物處嗎？
¿Hay consigna?
Is there a luggage room?

請問有保險箱嗎？
¿Hay caja fuerte?
Is there a safety box?

實用句型：請問～在哪裡？

請問～在哪裡？
¿Dónde está ...?
Where is ...?

■ 文法解析

問句¿Dónde está ...? 所接的名詞要加定冠詞el, la, los, las。例如：¿Dónde está la piscina?（游泳池在哪裡？）

實用字彙

游泳池
la piscina
the swimming pool

水療設施
el spa
the spa

健身房
el gimnasio
the gym

會議廳
la sala de reuniones / la sala de conferencias
the conference room

商務中心
el centro de negocios
the business center

餐廳 / 咖啡廳
el restaurante / la cafetería
the restaurant / cafeteria

實用句型：請問有沒有～的服務？

請問有沒有～的服務？
Por favor, ¿hay servicio de ... ?
Excuse me, is there ... service?

■ **文法解析**

servicio de ... 接名詞，名詞前不需要加定冠詞el, la, los, las。例如：¿Hay servicio de lavandería?（有洗衣的服務嗎？）

實用字彙

洗衣
lavandería / lavado de ropa
laundry

乾洗
tintorería
dry cleaning

熨燙（衣服）
planchado
ironing

影印
fotocopias
photocopy

郵寄
correos
postal service

傳真
fax
fax

房間
habitación

這不是我當初預約的房型。
No es el tipo de habitación que tenía reservada.
This is not the kind of room I reserved.

可以多加一張床嗎？
¿Puede añadir una cama?
Could you add an extra bed?

我可以換房間嗎？
¿Puedo cambiar la habitación?
Can I change the room?

請問有沒有大一點的雙人房？
¿Por favor, hay otra habitación doble más grande?
Excuse me, is there a bigger double room?

可以幫我換一間有海景的房間嗎？
¿Podría cambiarme a una habitación con vistas a la playa?
Could I change to another room with a beach view?

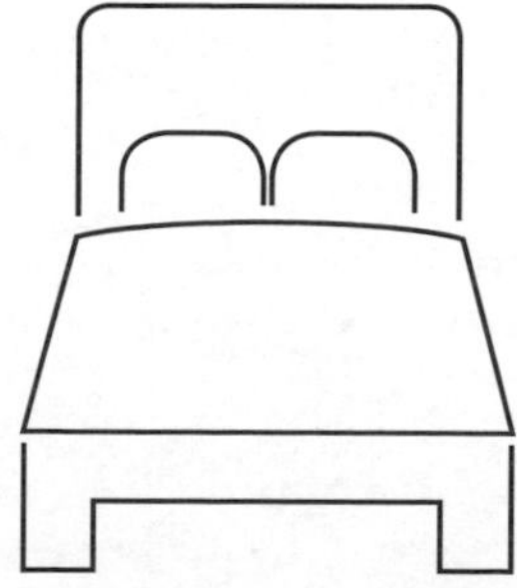

實用句型：有～（景觀）的房間嗎？？

有～（景觀）的房間嗎？
¿Tiene habitación con (vista)...?
Do you have rooms with a ... (view)?

實用字彙

全景
vista panóramica
panoramic view

海景
vista al mar
ocean view

山景
vista a la montaña
mountain view

都市景觀
vista a la ciudad
city view

實用句型：有（面朝）～的房間嗎？

有（面朝）～　的房間嗎？
¿Tiene habitación (a)...?
Do you have a room (facing)...?

實用字彙

面湖
al lago
facing the lake

面朝海灘
a la playa
facing the beach

面游泳池
a la piscina
facing the swimming pool

面朝廣場
a la plaza
facing the square

面朝中庭
al patio
facing the courtyard

面朝街道
a la calle
facing the street

✈有關房間內部

房間
habitación
room

門
puerta
door

鑰匙
llave
key

床
cama
bed

枕頭
almohada
pillow

床單
sábana
sheet

桌子
mesa
desk

椅子
silla
chair

單人沙發
sillón
armchair

沙發
sofá
sofa

窗簾
cortina
curtain

鐵捲簾 / 百葉窗
persiana
blinds

窗戶
ventana
window

電話
teléfono
telephone

電視機
televisor
television

拖鞋
zapatillas
slippers

電燈
lámpara
lamp

冰箱
nevera
refrigerator

衣櫃
armario
closet

菸灰缸
cenicero
ashtray

保險箱
caja fuerte
safety box

浴室
baño

請問房間有全套衛浴並附浴缸嗎？
¿Tiene la habitación baño completo con bañera?
Does the room have a bathroom with a bathtub?

浴室裡的水龍頭一直滴水。
El grifo en el baño está goteando.
The tap in the bathroom is dripping.

沒有熱水。
No funciona el agua caliente.
There is no hot water.

實用字彙

廁所 / 浴室 **baño** bathroom	蓮蓬頭 **ducha** shower	毛巾 **toalla** towel
熱水 **agua caliente** hot water	水 **agua** water	冷水 **agua fría** cold water
捲筒紙（衛生紙） **rollo de papel** roll of toilet paper	面紙 **pañuelos de papel** tissue	水龍頭 **grifo** tap
洗手台 **lavabo** sink	香皂 **jabón** soap	牙刷 **cepillo de dientes** toothbrush

牙膏
pasta de dientes / pasta dentífrica
toothpaste

梳子
peine
comb

洗髮精
champú
shampoo

沐浴精
gel de ducha
shower gel

潤絲精
acondicionador
conditioner

吹風機
secador de pelo
hairdryer

刮鬍刀
cuchilla de afeitar
razor

馬桶
váter
toilet

衛浴（廁所加上淋浴設備）
baño completo
bathroom with a shower

浴缸
bañera
bathtub

浴簾
cortina de baño
shower curtain

水
agua
water

熱的
caliente
hot

窗簾
cortina
curtain

地毯
alfombra
rug

古龍水
colonia
cologne

電器設備
electrodomésticos

請問這台冷氣要怎麼打開？
Por favor, ¿cómo se enciende el aire acondicionado?
Excuse me, how do you turn on the air conditioner?

請問這台冷氣要怎麼關起來？

Por favor, ¿cómo se apaga el aire acondicionado?

Excuse me, how do you turn off the air conditioner?

我房間的暖氣壞了。

No funciona la calefacción en mi habitación.

The heating in my room does not work.

我找不到電視遙控器。

No encuentro el mando de la televisión.

I can't find the remote control for the television.

實用句型：這～怎麼打開？ / 這～怎麼關閉？

這～怎麼打開？ / 這～怎麼關閉？

¿Cómo se enciende ... ? / ¿Cómo se apaga ...?

How do you turn on ... ? / How do you turn off ... ?

■ **文法解析**

動詞se enciende, se apaga 配合單數名詞使用，複數名詞則用se encienden, se apagan。這兩個動詞用在打開、關閉電源。例如：¿Cómo se apaga la luz?（如何關燈？）；¿Cómo se enciende el ordenador?（如何打開電腦？）。

實用字彙

電腦
el ordenador
the computer

光（這裡指燈）
la luz
the light

電視
la televisión
the television

暖氣
la calefacción
the heating

冷氣
el aire acondicionado
the air conditioner

洗衣機
la lavadora
the washing machine

打開（電源）
se enciende
turn on

關閉（電源）
se apaga
turn off

遙控器
el mando
the remote control

打電話
hacer llamadas

我如何從房間打電話出去？
¿Cómo puedo hacer llamadas desde la habitación?
How do I make phone calls from the room?

打國際電話的費率是多少？
¿Cuál es la tarifa de llamadas internacionales?
What is the rate for making international phone calls?

我想打一通國際 / 國內電話。
Querría hacer una llamada internacional / nacional.
I'd like to make an international / domestic phone call.

實用字彙

費率
tarifa
rate

國際電話
llamada internacional
international phonecall

國內電話
llamada nacional
domestic phonecall

電話卡
tarjeta de teléfono
telephone card

客房服務
servicio a la habitación

可以派人來我房間嗎？
¿Puede enviar a alguien a la habitación?
Could you send someone to my room?

可以請您幫我拿一條厚毛毯到房間來嗎？
¿Me puede traer una manta gruesa a la habitación, por favor?
Could you please bring a heary blanket to my room?

實用句型：可不可以幫我送～到房間來？

可不可以幫我送～到房間來？
¿Me puede traer ... a la habitación, por favor?
Could you please bring ... to my room?

■ **文法解析**

me是「我」的受詞。puede（可以）之後接動詞原型。「送來、帶來」的動詞原型是traer。在traer之後接需要的物品，除非是特指某件物品，不然不需要加定冠詞el, la, los, las。

實用字彙

沸騰過的熱水（沖茶用）
agua hervida (para hacer té)
hot water (to make tea)

冰塊
cubitos de hielo
ice cubes

兩條毛毯
dos mantas
two blankets

一個比較軟的枕頭
una almohada más blanda
asofter pillow

電視遙控器
el mando para la televisión
remote control for the television

食物
comida
food

接待櫃檯
recepción

請問您有收到給我的留言嗎？
¿Han recibido mensajes para mí?
Did you receive any messages for me?

我鑰匙掉了。對不起。
He perdido la llave. Lo siento.
I've lost my key. I'm sorry.

我把鑰匙忘在房間裡了。
Me he dejado la llave en la habitación.
I left my key in the room.

能不能麻煩幫我寄這封信？
¿Puede mandarme esta carta, por favor?
Could you send this letter for me, please?

可以麻煩幫我叫計程車嗎？
Por favor, ¿me puede llamar un taxi?
Excuse me, could you call a taxi for me?

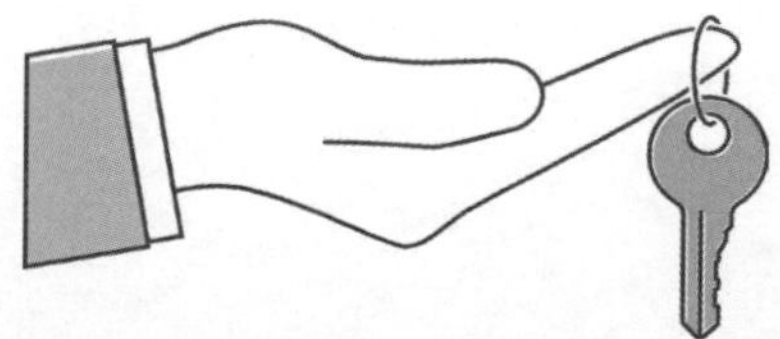

實用句型：您有收到給我的～嗎？

您有收到給我的～嗎？
¿Han recibido ... para mí?
Did you receive any ... for me?

實用字彙

信件 **cartas** letters	包裹 **paquetes** packages	電話 **llamadas** phone calls	傳真 **fax** fax

實用句型：我掉了～。

我掉了～。
He perdido ...
I lost my ...

實用字彙

鑰匙 **la llave** the key	房卡 **la llave-tarjeta** the key card	護照 **el pasaporte** the passport
學生證 **la tarjeta de estudiante** the student ID card	旅行支票 **cheques de viaje** traveler's checks	金融卡 **la tarjeta bancaria** the bank card

信用卡
la tarjeta de crédito
the credit card

駕照
el permiso de conducir
the driver license

戒指
el anillo
the ring

故障
fallos inesperados

暖氣無法運作。
No funciona la calefacción.
The heating doesn't work.

可以請人過來幫我忙嗎？
¿Puede venir alguien a ayudarme?
Can someone come to help me?

浴室的燈不亮。
La luz del baño no funciona.
The bathroom light doesn't work.

馬桶塞住了。
El inodoro está obstruído.
The toilet is blocked up.

沒有熱水。
No hay agua caliente.
There's no hot water.

什麼時候可以修好？
¿Cuándo se puede arreglar?
When can it be fixed?

實用句型：～無法運作 / 壞了

～無法運作 / 壞了。
No funciona ...
... doesn't work.

實用字彙

電視機
el televisor
the television

相機
la cámara de fotos
the camera

冷氣
el aire acondicionado
the air conditioner

實用句型：～（電源）打不開／關不起來

1. ～（電源）打不開。
   No enciende ...
   I can't turn on ... .

2. ～（電源）關不起來。
   No apaga ...
   I can't turn off ... .

實用字彙

電燈
la luz
the light

電腦
el ordenador
the computer

暖氣
la calefacción
the heating

延長住宿
prolongación de estancia

我想加住一晚。
Querría quedarme una noche más.
I'd like to stay one more night.

可以在同一間房多住兩個晚上嗎？
¿Puedo quedarme dos noches más en la misma habitación?
Could I stay two more nights in the same room?

我可以將行李寄放到中午嗎？
¿Puedo guardar la maleta en algún sitio hasta el mediodía?
Is there a place where I can leave my luggage until noon?

辦理退房
dejar la habitación

一般旅館是在退房時結帳付款，但便宜的旅社（hostal）通常是在登記住房時先付一晚的住宿費。

請問我幾點必須退房？
Por favor, ¿a qué hora tengo que dejar la habitación?
Excuse me, what is the check out time?

我沒有從房間打電話。
No he hecho llamadas desde la habitación.
I didn't make any phone calls from the room.

請問稅金多少？
¿Cuánto es el IVA?
How much is the tax?

我可以付現金嗎？
¿Puedo pagar en efectivo?
Can I pay in cash?

我已付清所有款項。
Ya he pagado toda la cantidad.
I have paid all of the amount.

我訂房時已經付款。
Ya pagué cuando hice la reserva.
I paid when I made the reservation.

實用字彙

帳單
factura
invoice

付現金
en efectivo
with cash

收據
recibo
receipt

附加稅
IVA (el Impuesto sobre el Valor Añadido)
value-added tax

其他實用字彙

旅館
hotel
hotel

三星級旅館
hotel de tres estrellas
three-star hotel

四星級旅館
hotel de cuatro estrellas
four-star hotel

五星級旅館
hotel de cinco estrellas
five-star hotel

國營高級旅館
parador
state-owned hotel

旅館（較簡單便宜的）
hostal
hostel

民宿
pensión
guest house

公寓式旅社（附廚房）
aparthotel
apartment-hotel

公寓（一房）
apartamento
apartment (one-bedroom)

公寓（兩房以上）
piso
apartment (2 or more bedrooms)

學生宿舍
residencia de estudiantes
students' residence

青年旅社
hostal para jóvenes
youth hostel

廚房
cocina
kitchen

餐廳
comedor
dining room

有空調的房間
habitación climatizada
air-conditioned room

住宿的選擇

西班牙人普遍愛乾淨，所以旅館即使非星級或是三星級以下，通常還是十分乾淨的。如果由當地旅行社代訂旅館，預先付款可以以較便宜的價格訂到三星級以上的旅館。

■ **國營旅館** parador

國營旅館是三星級以上的高級旅館，遍布西班牙各地，共有近一百家。這些旅館由國家經營，許多是從城堡、修院等古蹟改建而成，各具特色，值得一住。這些旅館若由旅行社代訂，或可得到部分折扣，但一般來說比私人旅館昂貴。（www.parador.es）

■ **高級旅館** hotel

這原價100 歐元一晚的四星級旅館，由旅行社代訂可能只要50 歐元一晚，還附早餐。預先付款後，旅行社會給一張訂房證明及票券（el talón），憑票就可住進預定的旅館。

■ **平價旅館** hostal

二星級以下的旅館通常不能由旅行社代訂，必須直接用電話、網路向旅館訂房。如果沒有事先預訂，也可以直接到旅館詢問是否有空房間，同時可以要求先看房間再決定要不要住房。

■ **民宿** pensión

民宿通常價格比hostal 來得更便宜，有不同的形式。有的是名副其實的民宿，也就是和屋主住在同一層房子的不同房間，有的屋主還會提供家常菜及洗衣服務。有的則是類似公寓的出租房間，但屋主並不住在屋內。這些不同類型的民宿，都是領有執照的合法業者。

■ **青年旅館** hostal para jóvenesl

青年旅館並不限定年輕人才能住，但青年可以得到折扣。青年旅館類似學生宿舍，通常必須和陌生人同住一間房，並共用浴室。背包客在青年旅館容易認識其他背包客，進而結伴出遊。

第8章

特殊狀況

situaciones problemáticas

problem situations

學幾句緊急用語，
不但可以讓旅程玩得更安全，
也可以適時幫助他人。

緊急情況用語
expresiones para urgencias

救命！
¡Socorro!
Help!

請幫助我！
¡Ayúdeme!
Help me!

小心！
¡Cuidado!
Be careful!

叫救護車！
¡Llame a una ambulancia!
Call an ambulance!

失火了！
¡Hay un incendio!
There's a fire!

小偷！
¡Al ladrón!
Thief!

請幫我叫警察。
Por favor, ayúdeme a llamar a la policía.
Please help me call the police.

不要煩我！走開！
¡Déjeme en paz!
Leave me alone!

不要碰我！
¡No me toque!
Don't touch me!

我趕時間！
¡Tengo prisa!
I'm in a hurry!

夠了！
¡Basta ya!
That's enough!

別靠近我！
¡No se me acerque!
Don't get close to me!

走開！
¡Lárgate! / ¡Fuera!
Go away!

身體不適
sintiendo molestias

我不太舒服。
No me encuentro bien.
I'm not feeling well.

我生病了(m. / f.)
Estoy enfermo / enferma.
I'm sick.

我感冒了(m. / f.)
Estoy constipado / constipada.
I have a cold.

我覺得累(m. / f.)
Estoy cansado / cansada.
I'm tired.

我頭暈。
Tengo mareos.
I feel dizzy.

我覺得反胃。
Tengo náuseas.
I feel nauseated.

我胃痛。
Me duele el estómago.
I have a stomachache.

我需要看醫生。
Tengo que ir al médico.
I need to see a doctor.

可以帶我到醫院嗎？
¿Me puede llevar al hospital?
Could you take me to the hospital?

哪裡不舒服？
¿Qué le pasa?

實用句型

1. 我～痛。
   Me duele ...
   My ... hurts.

2. 我～不舒服。
   Me molesta ...
   My ... bothers me.

身體部位

這裡 **aquí** here	全身 **todo el cuerpo** whole body	喉嚨 **la garganta** throat	眼睛 **el ojo** eye	鼻子 **la nariz** nose
嘴巴 **la boca** mouth	牙齒 **el diente** tooth	頭 **la cabeza** head	耳朵 **el oído** ear	脖子 **el cuello** neck
肩膀 **el hombro** shoulder	手臂 **el brazo** arm	手 **la mano** hand	指頭 **el dedo** finger	背 **la espalda** back
胸 **el pecho** chest	腰 **la cintura** waist	腿 **la pierna** leg	膝蓋 **la rodilla** knee	腳 **el pie** foot
腳踝 **el tobillo** ankle	心臟 **el corazón** heart	肺 **el pulmón** lung	胃 **el estómago** stomach	腸 **el intestino** intestine

實用字彙

醫院 **hospital** hospital	診所 / 醫院 **clínica** clinic	藥局 **farmacia** pharmacy
醫師 **médico** doctor	護士（男 / 女） **enfermero / enfermera** nurse	
牙醫師 **dentista** dentist	藥劑師（男 / 女） **farmacéutico / farmacéutica** pharmacist	

保險
seguro
insurance

表格 / 報告
informe
form / report

救護車
ambulancia
ambulance

約（預約掛號）/ 約會
cita
appointment / date

藥
medicina
medicine

抗生素
antibiótico
antibiotic

藥片
pastilla
tablet

注射
inyección
injection

手術室
quirófano
operating room

警察局

policía / comisaría

西班牙的緊急求救電話是112。所有電話上都有一個紅色緊急按鈕，不需投幣或撥號，只要按下就可求救。

請幫助我。
Ayúdeme, por favor.
Help me, please.

發生了什麼事？
¿Qué le ha pasado?
What happened?

我遺失了～。
He perdido ...
I've lost ... .

我被搶了～！
¡Me han robado ...!
I was robbed (of)...!

實用字彙

警察局
policía
police / police station

警察局 / 派出所
comisaría
police station

掛失（動詞）
denunciar
to report (lost documents)

掛失（名詞）
denuncia
report (of lost documents)

簽名（動詞）
firmar
to sign

簽名（名詞）
firma
signature

搶 / 偷
robar
to rob / steal

被搶 / 被偷
robado
robbed / stolen

護照
pasaporte
passport

提款卡
tarjeta bancaria
ATM card

信用卡
tarjeta de crédito
credit card

機票
billete de avión
airplane ticket

皮夾
cartera
wallet

行李
maleta
suitcase

相機
cámara
camera

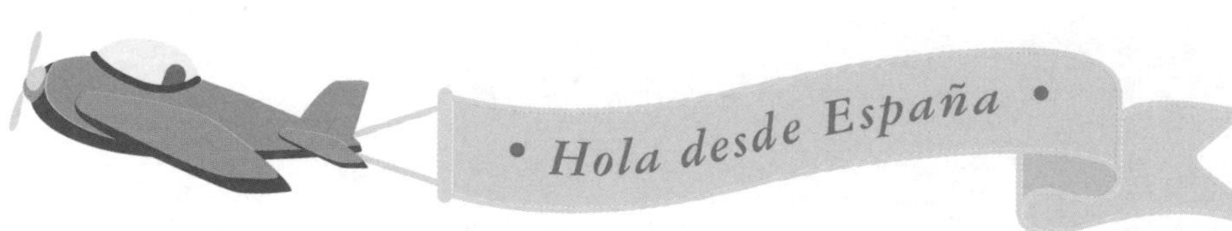

國家圖書館出版品預行編目資料

開始遊西班牙說西語：西・英・中三語版 / 陳南妤作. －－ 三版. －－ 臺中市：晨星出版有限公司，2021.09

240面；16.5×22.5公分. －－（Travel Talk；014）

ISBN 978-626-7009-50-5（平裝）

1. 西班牙語 2. 旅遊 3. 會話

804.788 110012045

Travel Talk 014

開始遊西班牙說西語

西・英・中 三語版

作者	陳 南 妤
西文審訂	鮑 曉 鷗 José Eugenio Borao
英文審訂	John Waldrop
西文錄音	Marina Torres Trimallez
編輯	余 順 琪
校對	施 靜 沂
封面設計	曾 麗 香
美術編輯	林 姿 秀
創辦人	陳銘民
發行所	晨星出版有限公司 407台中市西屯區工業30路1號1樓 TEL：04-23595820 FAX：04-23550581 E-mail：service-taipei@morningstar.com.tw http://star.morningstar.com.tw 行政院新聞局局版台業字第2500號
法律顧問	陳思成律師
三版	西元2021年09月15日
讀者服務專線	TEL：02-23672044 ／ 04-23595819#230
讀者傳真專線	FAX：02-23635741 ／ 04-23595493
讀者專用信箱	service@morningstar.com.tw
網路書店	http://www.morningstar.com.tw
郵政劃撥	15060393（知己圖書股份有限公司）
印刷	上好印刷股份有限公司

線上讀者回函

定價320元

（缺頁或破損，請寄回更換）

ISBN 978-626-7009-50-5

Published by Morning Star Publishing Inc.

Printed in Taiwan

｜最新、最快、最實用的第一手資訊都在這裡｜